# Comprendre les théories économiques

tome 2

# Des mêmes auteurs

Jean-Marie Albertini
et Ahmed Silem

# Comprendre les théories économiques

tome 2

## PETIT GUIDE
## DES GRANDS COURANTS

Édition mise à jour en 1987

Éditions du Seuil

SCHÉMAS ET GRAPHIQUES DE F. LEROUGE.

ISBN : 2-02-006569-X éd. complète ;
2-02-006567-3 tome 1 ; 2-02-006568-1 tome 2

© SEPTEMBRE 1983, ÉDITIONS DU SEUIL.

# Avertissement

Dans le premier tome de l'ouvrage, nous avons découvert qu'il y avait plusieurs manières de voir l'économie. Selon le point d'observation que l'on prend et les objectifs que l'on se donne, on ne parvient ni aux mêmes conclusions ni même à la prise en compte des mêmes faits.

Nous avons été ainsi amenés à distinguer quatre grands groupes d'économistes :
— les fils de Keynes ;
— les descendants d'Adam Smith ;
— les disciples orthodoxes de Karl Marx ;
— les hérétiques « à la Schumpeter ».

Dans chaque cas, nous avons vu comment l'économie était décrite et les clés qui permettaient de comprendre les raisons de cette description. En quelques mots, on peut dire que :
— les fils de Keynes se placent du point de vue d'un ministre des Finances soucieux de *régulation économique d'ensemble ;*
— les descendants d'A. Smith analysent l'économie à partir des problèmes posés à l'entreprise, tant dans sa gestion que dans sa croissance ;
— les disciples orthodoxes de Karl Marx lient leur analyse à leur volonté de changer le capitalisme et de lui substituer un régime socialiste plus *rationnel ;*
— les hérétiques « à la Schumpeter », souvent plus intellectuels qu'hommes d'action, rejettent les simplifications nécessaires à l'action. Ils ont le point de vue de ceux qui veulent

comprendre la complexité des choses, les rendre intelligibles.

Dans un chapitre de conclusion, nous avons montré, à propos des théories de la valeur, que ces dernières avaient dans une approche une place plus ou moins centrale, selon *le point d'observation et l'objectif recherché.*

Si l'on ne prend pas conscience de cet éclatement du champ de l'économie, on ne peut rien comprendre aux discours des économistes. Les querelles entre économistes apparaissent alors byzantines et sans signification réelle.

Dans le premier tome de cet ouvrage, nous avons situé les quatre grands courants de la pensée économique, sans trop nous préoccuper de leur apparition dans le temps.

Nous l'avons déjà dit en introduisant le premier tome : dans le cadre d'une initiation, lorsqu'on commence par elle, la présentation historique de la pensée économique a un inconvénient majeur : elle ne permet pas de comprendre les caractéristiques essentielles des diverses Écoles et l'originalité de leur point d'observation.

Au point où il en est, le lecteur peut maintenant aborder les Écoles dans leur déroulement historique. Il ira ainsi un peu plus loin dans l'articulation des théories économiques. Des tableaux récapitulatifs permettront de mieux situer les enchaînements d'ensemble ; ils tiennent compte des éléments apportés dans le tome 1.

Bien entendu, nous ne reprendrons pas ici les présentations déjà faites des auteurs et des théories, nous renverrons aux passages correspondants.

Ce second tome permettra aussi à des étudiants de situer chaque École de manière plus traditionnelle. Nous n'avons pas la prétention d'être complets. Nous ne voulons ici que permettre au lecteur de situer dans le temps les diverses Écoles.

On trouvera à la fin de ce tome un index des auteurs et des Écoles qui se réfère aux deux tomes.

### CHAPITRE 1

# Les keynésiens

Dans l'histoire de la pensée économique, le point de vue qui caractérise le courant keynésien a une antériorité incontestable.

Avant d'imaginer une économie qui fonctionnerait sans intervention des princes, les économistes, ou du moins ce qui en tenait lieu, ont cherché à conseiller ceux-ci. Peu à peu, ils ont construit les éléments d'une macro-économie. Plus près de nous, tout au long du XIXᵉ siècle, la micro-économie triomphante n'a pu étouffer la vision macro-économique. Dès le XIXᵉ siècle, bien des éléments annoncent Keynes. Une fois la révolution keynésienne faite, les courants se divisent et se multiplient.

Nous nous bornerons à présenter ici les pré-keynésiens et les post-keynésiens. Nous négligerons l'apport des auteurs tels que Hicks, Hansen, Samuelson, Lerner, Harrod, Klein, etc., lorsqu'ils ne présentent pas une reformulation du système keynésien. Cela reviendrait à une fastidieuse répétition. Certains de ces auteurs ont repris d'ailleurs Keynes dans des présentations plus conformes aux traditions néo-classiques (notamment Hicks et Samuelson [1]). Ils furent en partie à l'origine de la contre-offensive néo-classique actuelle.

---

1. Cf. p. 84 et I, p. 65.

# 1. Les précurseurs du système keynésien [1] antérieurs à Adam Smith

On peut reconnaître un précurseur de Keynes lorsqu'un auteur a une analyse macro-économique et se réfère au moins à l'un des critères suivants : reconnaissance de l'absence d'équilibre de plein emploi, existence de cycles ou de fluctuations durables, doctrines interventionnistes, rejet d'une dichotomie entre les phénomènes réels et les phénomènes monétaires.

En fait, avec de tels critères, on pourrait citer tous ceux qui ne furent pas des classiques et néo-classiques de stricte observance. Aussi insisterons-nous ici principalement sur les auteurs ou les Écoles qui n'ont pas un rattachement plus net à l'un des trois autres courants.

### 1. Morale et économie dans l'Antiquité et chez les scolastiques.

Si les spéculations théoriques et explicatives sont récentes, les prescriptions économiques sont sans doute presque aussi anciennes que l'invention de l'économie. Le code du roi Hammourabi (2000 ans avant J.-C.), la sagesse égyptienne ou la Bible comportent des recommandations morales à portée économique. Bien plus, la Bible, avec les sept vaches grasses

---

1. Ou si l'on préfère : du « keynésisme ».
N.B. : Nous ne donnerons que les dates de naissance et de mort des principaux auteurs.

et les sept vaches maigres, donne l'une des premières constatations empiriques d'un cycle d'activités.


### A) L'Antiquité.

La première réflexion économique (en fait très liée à une
morale pratique) est faite par Xénophon (430-355 avant J.-C.).
Dans *l'Économique,* il propose un premier traité des lois de la
maison, qui annonce l'économie de la gestion et, dans une
certaine mesure, la micro-économie. Les *Revenus de l'Attique*
sont, en revanche, le premier traité de macro-économie.
Xénophon y examine comment lutter contre la pauvreté et
comment assurer la richesse d'Athènes. On peut même y
retrouver la loi de Keynes, puisque Xénophon fait dépendre
l'épargne de la consommation. Bien avant John Law et
Keynes, il fait de l'abondance monétaire l'élément nécessaire
au développement des échanges.

Chez Platon (428-347 avant J.-C.) et Aristote (382-322 avant
J.-C.) des préoccupations macro-économiques existent, mais
moins autonomisées. Platon, partisan d'un communisme aristocratique, se prononce pour un étatisme qu'édulcore Aristote, pourtant adversaire de la richesse pour la richesse. Au
passage, il condamne le prêt à intérêt, le commerce, l'accapa-
rement du surplus matériel. Il préfigure les scolastiques et
Marx.


### B) Saint Thomas et les scolastiques.

Saint Thomas (1225-1274) va justifier « chrétiennement » la
condamnation aristotélicienne de l'intérêt. L'argent ne fait pas
de petits. L'intérêt est un phénomène essentiellement monétaire. Dans l'analyse de saint Thomas et des scolastiques,
Keynes verra « un honnête effort intellectuel » pour distinguer
ce que la théorie classique a confondu de manière inextrica-

ble : le taux d'intérêt et l'efficacité marginale du capital. Dans l'idée de juste prix, que défendent saint Thomas et les scolastiques, on trouve bien souvent des analyses sous-jacentes qui mènent tout droit à l'idée de politique des revenus et des prix sans marché. Un keynésien ne les désavouerait pas. Ainsi fut inventée la notion d'honoraires pour payer ce qui est sans prix, par exemple les services d'un docteur : on ne le paie pas, on l'honore.

Les derniers scolastiques, tels Nicolas Oresme (mort en 1382) et Jean Buridan (v. 1300-ap. 1366) peuvent être considérés comme les fondateurs de la science économique moderne. Ils vont, notamment à propos des problèmes monétaires et des finances publiques, accélérer l'autonomisation de la réflexion économique [1]. Comme nous avons eu l'occasion de le dire, au moment où les besoins financiers des États nationaux augmentent, ils vont se demander comment « enrichir le prince sans appauvrir les sujets ». Certes, ils portent des jugements de valeur, mais nous savons que la séparation radicale entre jugement de valeur et économie est un leurre.

### 2. Les mercantilistes et la première esquisse d'une véritable théorie keynésienne.

En considérant l'enrichissement comme une fin louable, les mercantilistes furent les premiers à véritablement autonomiser l'économie.

Nous les avons déjà présentés, à propos de leur conception de la richesse [2]. Sous le nom de mercantilistes, on rassemble une série d'auteurs qui, de 1500 à 1750, et même au-delà (si on intègre les caméralistes allemands), ne forment pas une École mais une série d'Écoles nationales. Tous cherchent, d'une manière ou d'une autre, à rendre l'or et l'argent abondants.

1. Cf. I, p. 14. — 2. Cf. I, p. 323 et s.

— *Le mercantilisme espagnol* est le premier à apparaître ; on parle à son propos de bullionisme [1]. Ses principaux auteurs sont Ortiz, Olivares et Mariana. Tous leurs écrits débouchent sur un protectionnisme visant à réduire l'évasion de l'or. Certains auteurs, qui ont pu avoir connaissance des écrits arabes d'Ibn Khaldoun et El Makrizi, énoncent déjà le principe de la théorie quantitative de la monnaie.

— *Le mercantilisme français* se confondra avec le colbertisme [2], il annonce l'industrialisme public français. Toutefois, ces auteurs présentent une plus large palette d'opinions. Olivier de Serres (1539-1619), Sully (1560-1641) sont des agrariens, Jean Bodin (1530-1596) restera célèbre pour avoir établi un lien entre l'abondance de la monnaie et la hausse des prix. Antoine de Montchrestien (1575-1621) invente l'expression d'*économie politique*. Plus proche du corps central des hypothèses de cette École, on trouve Barthélemy de Laffemas (1546-1612), fondateur des Chambres de commerce et d'industrie, Colbert (1619-1683), Vauban (1633-1707).

— *Le mercantilisme anglais (et hollandais)* est le plus mercantile de tous ; on peut l'appeler commercialisme. C'est par le commerce extérieur qu'on crée l'abondance des monnaies, clé de la prospérité des nations. Ses principaux auteurs sont J. Child (1630-1699), William Petty (1623-1687), Thomas Mun (1571-1641), Gregory King (1648-1712), Gérard Malynes (1601-1665). C'est le mercantilisme anglais qui, en dépit des nuances, est le plus proche du système keynésien. La plupart de ses auteurs conseillent de faible taux d'intérêt et font de ce dernier le prix de l'argent. Bien plus, ils admettent que l'abondance de la monnaie, nécessaire à un bas taux d'intérêt, engendre la hausse des prix. C'est pour eux une bonne chose : « Lorsque les approvisionnements sont chers, les gens sont riches, lorsqu'ils sont bon marché, les gens sont pauvres » (J. Child, en 1668). On notera que certains mercan-

1. Cf. I, p. 323. — 2. Cf. p. 323.

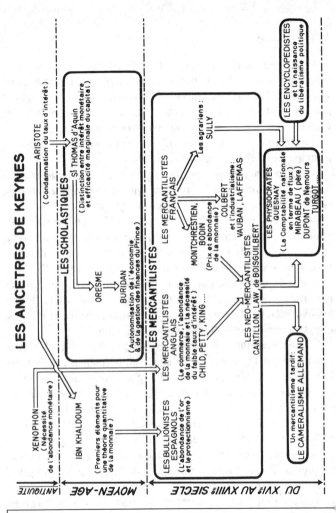

# LES ANCETRES DE KEYNES

**ANTIQUITE**

XENOPHON
(Nécessité de l'abondance monétaire)

ARISTOTE
(Condamnation du taux d'intérêt)

**MOYEN-AGE**

IBN KHALDOUM
(Premiers éléments pour une théorie quantitative de la monnaie)

LES SCHOLASTIQUES

St THOMAS d'Aquin
(Distinction entre intérêt monétaire & efficacité marginale du capital)

ORESME

BURIDAN
(Autonomisation de l'économie & de la gestion des finances du Prince)

**DU XVI<sup>e</sup> AU XVIII<sup>e</sup> SIECLE**

LES MERCANTILISTES

LES BULLIONISTES ESPAGNOLS
(L'abondance de l'or et le protectionnisme)

LES MERCANTILISTES ANGLAIS
(Le commerce, l'abondance de la monnaie et la nécessité du faible taux d'intérêt)
CHILD, PETTY, KING, ....

LES MERCANTILISTES FRANCAIS
MONTCHRESTIEN, BODIN
(Prix et abondance de la monnaie)

COLBERT
et l'industrialisme :
VAUBAN, LAFFEMAS

Les agrariens :
SULLY

LES NEO-MERCANTILISTES
CANTILLON, LAW, de BOISGUILBERT

Un mercantilisme tardif :
LE CAMERALISME ALLEMAND

LES ENCYCLOPEDISTES
et la naissance du libéralisme politique

LES PHYSIOCRATES
QUESNAY
(La Comptabilité nationale en terme de flux)
MIRABEAU (père)
DUPONT de Nemours
TURGOT .....

---

Les schémas présentés dans cet ouvrage n'ont pour objectif que de permettre de faire le point. Ils sont souvent des simplifications fort abusives qui ne se comprennent qu'en fonction de la lecture du chapitre et de la section qui y correspondent. Pour des raisons graphiques, le déroulement chronologique n'a pu être qu'approximativement pris en compte. Les flèches n'indiquent pas toujours une influence, elles peuvent signifier des approches ou idées voisines. Certains noms n'appartiennent pas aux écoles prises en compte dans le schéma, ils permettent de sortir de leur champ théorique propre.

tilistes anglais ont fait, par ailleurs, des apports théoriques qui se détachent du noyau des hypothèses de cette École. Le chancelier Gresham (1519-1579) est resté célèbre pour sa loi : « La mauvaise monnaie chasse la bonne. »

Gregory King établit, en 1693, une loi qui porte son nom : « L'accroissement de la production de biens alimentaires par l'agriculture suscite une baisse plus que proportionnelle des prix de cette production. »

William Petty est un précurseur des économètres, il propose toutefois d'abaisser les salaires pour lutter contre le chômage volontaire [1] et semble introduire la notion de valeur-travail.

Bernard de Mandeville, dont on cite toujours la fable des abeilles pour justifier l'invention du libéralisme économique, est en fait du même avis. La recherche de l'intérêt personnel n'est bonne que pour les riches. Lorsque la convoitise et l'envie prennent les pauvres, les vices privés sont aussi des vices publics, et non des bienfaits. Il faut combattre la propension à la paresse. Toutefois, de Mandeville redevient plus keynésien lorsqu'il dit que l'épargne individuelle, facteur d'enrichissement, peut être funeste pour une nation. On retrouve aussi chez Cantillon l'idée qu'un excès d'épargne et la sous-consommation peuvent entraîner le marasme des affaires.

— *Le néo-mercantilisme.* Peu à peu, avec l'évolution de l'économie, les mercantilistes ont évolué de l'interventionnisme au « manchestérisme » (laissons les entrepreneurs libres d'agir). C'est Thomas Hobbes (1588-1679) qui invente la notion *d'État-gendarme.* Richard Cantillon [2], de Boisguilbert [3], le banquier écossais John Law peuvent aussi être rattachés à ce courant.

— *Les mercantilistes allemands, ou « cameralistes »,* sont plus tardifs. Ils s'intéressent surtout au problème du Trésor public. En fait, ils préfigurent l'École historique allemande. Notons cependant que Schumpeter fait d'un des membres de

1. Cf. I, p. 90. — 2. Cf. I, p. 124. — 3. Cf. I, p. 324.

cette École, von Justi, un économiste de plus grande envergure qu'Adam Smith : on lui doit la première distinction entre courte et longue période.

### 3. La physiocratie.

Contrairement au mercantilisme, auquel elle s'oppose par sa philosophie de l'ordre naturel, la physiocratie est une véritable École économique, très fortement constituée. Comme J.C. Casanova le fait remarquer, il y a bien un maître, un manifeste et des disciples.

Le maître est F. Quesnay (1694-1774), le manifeste est son *Tableau économique* qui, en 1758, présente le premier modèle quantitatif du circuit économique. C'est l'abandon de l'analyse en termes de stock (Vauban, King) pour l'analyse en termes de flux, que W. Petty avait déjà annoncée. On y trouve aussi une nouvelle conception de la richesse et d'une liaison entre la richesse, sa circulation et les classes sociales [1]. Si une classe dépense moins que son revenu, les autres auront alors un surplus de marchandises. Le principe de la demande effective est implicitement posé (explicitement chez Dupont de Nemours [2]).

Nous avons très largement étudié les principales idées de la physiocratie, et nous ne sommes pas en présence, ici, des nombreuses Écoles qui appelleront quelques précisions. Selon la terminologie de l'époque, il s'agit d'une « secte », dont les principaux membres sont Mirabeau père (1715-1789), Dupont de Nemours (1739-1817), Le Mercier de la Rivière (1721-1793), l'abbé Baudeau (1730-1792) et Turgot (1727-1781), qui exprime une pensée plus originale.

Ce dernier est, peut-être plus que d'autres, un précurseur de Keynes. Pour lui, c'est bien l'offre et la demande de monnaie

---

1. Cf. I, p. 325. — 2. Cf. I, p. 326.

qui déterminent le taux d'intérêt (idée reprise par Montesquieu dans *l'Esprit des lois*). Turgot distingue divers types d'encaisses monétaires (l'encaisse de transaction et l'encaisse de l'emprunt). De son côté, Boisguilbert [1] annonce la demande effective, en faisant de la consommation une source de revenus.

## 2. Les classiques et les néo-classiques dissidents

Sous ces vocables, nous regroupons tous ceux des classiques « historiques », comme Malthus, et des socialistes non marxistes encore imprégnés des classiques, qui répondent aux critères que nous avons annoncés plus haut. Toutefois, pour certains de ces auteurs, l'essentiel de leur œuvre se rattache à un autre courant.

Ces classiques et néo-classiques dissidents peuvent être regroupés sous quatre rubriques :
— la sous-consommation ;
— le rejet de la dichotomie entre le réel et le monétaire ;
— l'explication des fluctuations cycliques ;
— le raisonnement en termes de circuit.

C'est à propos de ces sujets que, tout au long du XIX<sup>e</sup> siècle et au début du XX<sup>e</sup> siècle, des économistes ont ouvert la voie à Keynes.

---

1. Mercantiliste tardif et précurseur de la physiocratie.

# LES PRECURSEURS DE KEYNES

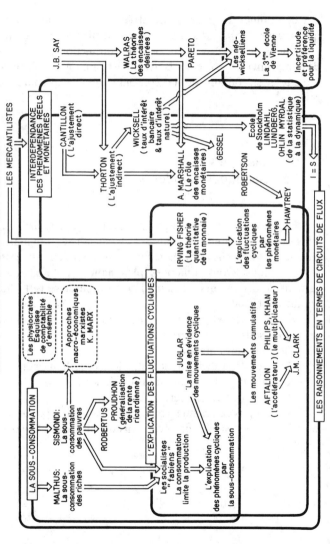

## 1. Les théories de la sous-consommation.

### A) *Malthus (1766-1834)* [1].

Il fut le premier à s'insurger contre la loi de J.-B. Say. Malheureusement, il n'est pas parvenu à convaincre Ricardo d'expliquer comment et pourquoi la demande effective pouvait être insuffisante (Keynes *dixit*). Nous lui devons cependant la première tentative pour expliquer, contre J.-B. Say, les risques d'un excès d'épargne... des riches. Nous en reparlerons.

### B) *Sismondi (1773-1842)* [2].

C'est un hérétique « à la Schumpeter ». Nous retiendrons ici qu'il est l'un des pères de la dynamique. Il écrit, en 1819 : « C'est le revenu de l'année passée qui doit payer la production de cette année. » Il distingue le long et le court terme et ébranle l'optimisme libéral : « Gardons-nous de la dangereuse théorie de cet équilibre qui se rétablit de lui-même. Un certain équilibre se rétablit, à la longue, mais c'est par une effroyable misère. » La répartition inégale des revenus, le progrès technique et ses conséquences sur l'emploi à la suite d'une substitution du capital au travail entraînent des crises de sous-consommation et de surproduction.

### C) *Karl Rodbertus (1805-1875).*

Il exprime, en Allemagne, les mêmes idées que Sismondi. Toutefois, dans ses prescriptions, Rodbertus va plus loin : il envisage l'appropriation collective des biens de production.

---

1. Cf. p. 51. — 2. Cf. p. 153.

On peut cependant difficilement voir en lui un révolutionnaire : il est ministre du roi de Prusse. En fait, partant de la sous-consommation, il aboutit à des conclusions assez voisines de celles de certains keynésiens actuels, favorables aux nationalisations.

### D) *Pierre Joseph Proudhon (1809-1865).*

Nous le retrouverons dans le courant socialiste non marxiste [1]. Il a, dans *Principal et Intérêt*, généralisé la rente ricardienne, mais dans une perspective keynésienne. La possession de la monnaie permet de se procurer une rente ou situation : le taux d'intérêt, qui est le prix de la monnaie. Cela se traduit, pour l'entreprise, par un coût qui est sans rapport avec la productivité du capital. L'entreprise répercute ce coût sur les consommateurs et les travailleurs et provoque une sous-consommation. Pour éviter que les revenus des travailleurs et le pouvoir d'achat des consommateurs ne soient amputés, Proudhon préconise de rendre plus abondante la monnaie, en supprimant sa base métallique. Proudhon fait la jonction entre la sous-consommation et les théories qui refusent la neutralité de la monnaie.

On verra réapparaître les théories de la sous-consommation (ou de l'excès d'épargne) à la fin du siècle, dans l'explication du cycle, notamment chez les Anglais J. Hobson, C. Douglas, les Américains W. J. Foster, W. Catchings, H.G. Moulton et les Allemands F. Lederer et E. Presser. On se rappellera que le Marx de la maturité ne donne pas une place centrale à la sous-consommation ouvrière dans l'explication du cycle. Pour lui, ce sont la surcapitalisation et la contradiction fondamentale du capitalisme qui expliquent le cycle [2].

---

1. Cf. p. 106. — 2. Cf. I, p. 151.

### E) *Le socialisme fabien.*

Le fabianisme est une doctrine réformiste dont est issu le travaillisme britannique. Il a été élaboré par un groupe d'intellectuels : Sidney et Beatrice Webb, Bernard Shaw, H.G. Wells, J. Hobson. Dans la foulée de J.S. Mill, qui avait déclarée libre la distribution, ils veulent corriger les abus du capitalisme et *temporiser* le système pour accéder en douceur au socialisme... Cette doctrine tire son nom de Fabius Cunctator (275-203 avant J.-C.), dit le Temporisateur, à la suite de sa prudence devant les armées d'Hannibal. Dans ce courant, ce sont les idées de J. Hobson (1858-1940) qui sont les plus intéressantes.

Le caractère keynésien de J. Hobson (dont nous reparlerons à propos de l'impérialisme) réside dans les relations entre les décisions d'investissement et l'épargne. Dans la *Physiologie de l'industrie,* qu'il rédige avec A.F. Mummery, il indique que : « L'épargne, tout en accroissant l'ensemble du capital existant, réduit simultanément la quantité de marchandises et de services consommés. » Peu à peu, l'épargne entraîne un excès de capital et, finalement, de production. La surproduction n'est pas absolue, mais relative. C'est la consommation qui limite la production, et non la production qui limite la consommation. Nous voilà à nouveau dans les théories de la sous-consommation. L'investisseur a besoin de prévoir une consommation croissante, mais l'épargne qui le finance réduit la consommation. Il faudrait pouvoir trouver un taux d'épargne optimum, mais les inégalités ne le permettent pas. Les riches épargnent trop et réinvestissent leurs profits sans se soucier de la demande solvable. Il s'ensuit une baisse des profits. Alors, les nations aux prises avec la surproduction se tournent vers l'impérialisme.

Avant Lénine, Hobson établit une relation entre la surproduction et l'impérialisme. On notera qu'il manque, à Hobson une conception du taux d'intérêt indépendant du taux de profit.

## 2. Le rejet de la dichotomie entre le réel et le monétaire.

L'attribution d'un rôle moteur à la monnaie remonte très loin dans le temps. Le banquier Law avait déjà bien remarqué que le crédit facilite l'investissement et la croissance de la production. Il reprend là, en la formalisant un peu plus, l'une des constantes du mercantilisme : prospérité et abondance monétaire vont de pair.

C'est K. Wicksell et ses disciples qui vont aller plus loin, en montrant que l'influence de la monnaie sur l'investissement passe par la variation des taux d'intérêts.

Toutefois, en dehors de l'École suédoise, on trouve aussi des éléments précurseurs de Keynes toutes les fois que des auteurs se sont préoccupés du rôle des *encaisses* dans le fonctionnement de l'économie.

Il faut, en outre, comme le fait Keynes, réserver une place à part à Silvio Gessel (1862-1930), son « prophète méconnu ». Riche commerçant germano-argentin, ministre socialiste (anti-marxiste) du soviet de Bavière en 1919, il propose, comme Proudhon, « l'affranchissement du sol et de la monnaie ». Il distingue, comme Wicksell, mais avec quelques originalités, deux taux d'intérêts (le monétaire et le réel) et surtout il montre à la fois le danger et la facilité de la conservation de la monnaie (contrairement aux autres biens, sa conservation ne donne lieu à aucun frais). Il préconise donc que tout billet non utilisé soit taxé par l'apposition d'une vignette. On se rapproche de l'idée d'une « monnaie fondante » (réalisée en fait par l'inflation), et en tout cas de la suppression de toute supériorité du taux d'intérêt sur l'efficacité marginale du capital.

### A) *L'École suédoise.*

La plupart des membres de cette École ont rejoint le marginalisme ou ont appliqué des raisonnements à la marge. L'École suédoise a cependant apporté des contributions décisives au courant keynésien ou aux hérétiques « à la Schumpeter ». Il nous a semblé cependant préférable de ne pas morceler sa présentation et de l'"intégrer aux pré-keynésiens.

Avant d'analyser les travaux de Wicksell et de ses disciples contemporains, il faut signaler le cas de *Gustave Cassel,* marginaliste de stricte observance et adversaire déclaré de Keynes, dans les années trente ; avec Robbins, Hayek, Hawtrey et Schumpeter, il condamne le déficit budgétaire et, en 1937, il accuse Keynes de vouloir ruiner les épargnants. Il rejoint par bien des points les perspectives de J. Rueff [1].

### a) *Knut Wicksell (1851-1926).*

Professeur à Lund, de formation mathématique, il fut, paradoxalement, un économiste littéraire. Dans ses premiers écrits, il apparaît comme un néo-classique parfaitement orthodoxe. Ce n'est que dans le tome II de ses *Lectures d'économie politique,* qu'il prend une position originale. En partant d'une analyse néo-classique, il fait une critique de la loi de J.-B. Say et de la théorie de la monnaie qui en découle. Pour lui, il y a contradiction entre une méthode qui ne raisonne qu'en termes d'utilité subjective et une théorie quantitative qui ne met en rapport que des éléments objectifs et macro-économiques. Il faut donc explorer d'autres voies. Il part d'une constatation : les prix et les taux d'intérêt bancaires varient dans le même sens ; parallèlement, il s'interroge sur les éléments qui expliquent la variation de la masse monétaire (ce que ne permet pas de savoir la théorie quantitative de la monnaie). Les taux d'intérêt bancaires varient en fonction des prêts (la demande

1. Cf. p. 55.

de monnaie). Cette demande de prêts est en très grande partie liée aux profits attendus par les entreprises. Le taux naturel d'intérêt (ce qui deviendra, chez Keynes, l'efficacité marginale du capital) est lié à la productivité du capital. Si le taux d'intérêt bancaire est inférieur au taux naturel, les entreprises accroissent leur demande de monnaie, et les banques compensent l'insuffisance de l'épargne par la création de monnaie scripturale. Cette création est cependant limitée par la demande de monnaie manuelle du public, qui oblige les banques à être prudentes. Elles augmentent les taux d'intérêt.

Au fur et à mesure que le taux d'intérêt se rapproche du taux naturel, la demande d'investissement se fait moins importante. Si l'investissement devient inférieur à l'épargne, il y a contraction de la masse monétaire, baisse des prix et récession et, finalement, baisse du taux d'intérêt bancaire.

Nous sommes très proches de Keynes, mais à l'intérieur d'un raisonnement micro-économique. La théorie des deux taux d'intérêt et de l'équilibre monétaire est une révolution dans la révolution marginaliste. Elle admet que la monnaie joue un rôle dans l'équilibre réel. On peut se demander pourquoi il a fallu attendre Keynes afin que ce résultat devienne une évidence. En fait, la majeure partie des néo-classiques, se plaçant au niveau micro-économique ne pouvaient admettre une théorie qui, tout en gardant leur méthode, déplaçait leur point d'observation. Pour qu'un nouveau programme de recherches apparaisse, il fallait que la réalité oblige l'État à intervenir et qu'un grand nombre d'économistes acceptent, avec Keynes, de changer d'angle de vision.

On notera que l'originalité de K. Wicksell est encore plus importante que ne le laisserait croire sa théorie des deux taux d'intérêt. Son nom est attaché à la théorie du cycle des affaires, à la théorie de l'optimum de peuplement avec introduction du progrès technique. Il ouvre ainsi une dynamique des structures, que développera un autre Suédois : Johan Akerman [1].

1. Cf. I, p. 221.

*b) Les wicksdliens.*

Il y eut trois grandes Écoles wicksdliennes. Nous trouvons ainsi les *néo-wicksdliens germano-autrichiens,* avec pour figures dominantes F. von Hayek, Strigl, L. von Mises et dont a fait partie J. Schumpeter (cette École recoupe la deuxième École de Vienne, et plus généralement, le néo-margina-lisme [1]), *l'École hollandaise,* avec T.C. Koopmans, et surtout *l'École de Stockholm.* Cette dernière occupe une place par-ticulière par ses contributions à la dynamique économique et à la macro-économie, c'est-à-dire avec des théories qui n'ont plus rien à voir avec le néo-classicisme des pionniers : c'est l'École de Stockholm qui est véritablement pré-keynésienne.

Les auteurs appartenant à cette École prolongent le raison-nement du maître, la plupart dans une perspective dont les prémisses demeurent néo-classiques. Peu à peu, l'École de Stockholm s'oriente très nettement vers les théories qui restent à la base des recherches contemporaines sur la dynamique économique, voire sur la dynamique des structures.

D. Davidson étudie, dès 1906, les conséquences de la productivité sur les prix. Il énonce les deux règles de la répartition des surplus de productivité : baisse des prix, qui profite à tous les individus, et hausse des revenus, qui ne profite qu'à ceux qui travaillent (seule règle retenue par Wicksell).

E. Lindhal, Erik Lundberg et G. Myrdal énoncent les prin-cipes d'une analyse dynamique. Le premier intègre, en 1929, le temps des anticipations ; le deuxième invente, en 1937, le principe des *modèles séquentiels,* qui permettent de suivre l'évolution d'une économie de séquence en séquence. Son modèle de séquence lui permet de montrer que, selon les périodes, l'investissement peut être lié, soit à la demande (Keynes), soit à l'abondance de l'épargne (les néo-classiques) ; le troisième, G. Myrdal (prix Nobel 1974), distingue les grandeurs *ex-ante* (prévision) et *ex-post* (réalisation) et montre l'importance de l'égalité : I = S. Si Keynes n'avait pas écrit la *Théorie générale,* on parlerait aujourd'hui de myrdalisme et non de keynésisme. Après 1945, G. Myrdal deviendra l'un des principaux économistes des problèmes du développement, qu'il analyse en termes de « cercles vicieux ». Il rejoint les institutionnalistes américains.

Bertil Ohlin (prix Nobel) approfondit le rôle des taux d'intérêts monétaires dans la lutte contre les processus cumulatifs. Par ailleurs, il élabore une théorie pure du commerce international [1] dans une perspective néo-classique.

### B) Le rôle des encaisses monétaires [2].

Walras a fortement maintenu la dichotomie entre le monétaire et le réel. Toutefois, par sa théorie des encaisses désirées, il a introduit un élément qui permet une connexion avec Keynes. A. Marshall [3] a, de son côté, perfectionné la théorie des encaisses, et son École, l'École de Cambridge, à laquelle Keynes a appartenu, a apporté un certain nombre d'éclaircissements conceptuels dans le domaine des liquidités. Pour le cambridgien Connan, la demande de monnaie est une demande « non pas pour effectuer immédiatement des paiements, mais pour conserver de la monnaie » (1921). Dans leurs raisonnements néo-marginalistes, N. Rosenstein-Rodan [4], en 1935, et J.R. Hicks [5], en 1936, se sont efforcés de répondre à la question : « Pourquoi des individus préfèrent-ils détenir de la monnaie ? » La réponse est identique : la préférence pour la liquidité est liée à l'incertitude qui est au centre du paradigme keynésien. Les cambridgiens [6] ont, en outre, avec D. Robertson, introduit la spéculation et lié taux d'intérêt et spéculation. On ne peut terminer ce survol rapide des précurseurs de la

---

1. Cf. I, p. 264.
2. Revoir ici, si besoin est, les théories de la monnaie exposées tome I, p. 222 et s.
3. Cf. p. 64. — 4. Cf. p. 74. — 5. Cf. p. 69. — 6. Cf. p. 64 et s.

héorie monétaire de Keynes sans rappeler que Hawtrey et Robertson ont introduit le courant wicksellien en Angleterre. Keynes leur a d'ailleurs rendu hommage et a reconnu sa dette.

Rappelons aussi que Marx s'est toujours refusé à une dichotomie entre le réel et le monétaire. C'est d'ailleurs la monétarisation de la valeur-travail marxiste qui distingue cette dernière de celle de Ricardo [1].

### 3. L'explication des cycles économiques.

La prise de conscience des fluctuations et des cycles implique l'introduction de la dimension historique dans les travaux des économistes. Saint-Simon [2], le socialiste utopique, Sismondi, l'hérétique [3] et, bien entendu, Marx, en sont des précurseurs. John Stuart Mill, tout enfermé qu'il était dans la loi de J.-B. Say, avait reconnu le phénomène et donné une conception plus souple de la loi des débouchés [4]. C'est à Clément Juglar (1819-1905) que l'on doit la première constatation de la périodicité des cycles. Toutefois, il alla plus loin en montrant l'interdépendance des phénomènes réels et des phénomènes monétaires dans le déclenchement de la crise. L'économiste anglais Hawtrey et le Suédois Cassel reprirent cette idée, en la liant à celle de l'étalon-or. L'or est responsable de la crise, car il ne permet pas l'adaptation de la circulation monétaire aux besoins des transactions. Vers la fin de la période d'expansion, la distorsion est trop grande et provoque le renversement de la tendance. On notera que la fin de la périodicité des crises coïncide avec l'abandon d'un réel rattachement à l'or.

La relation entre l'accroissement de la consommation et l'accroissement de l'investissement, l'accélérateur [5], décrit à la

---

1. Cf. I, p. 302. — 2. Cf. p. 103. — 3. Cf. p. 153. — 4. Cf. I, p. 124.
5. Cf., à propos d'Aftalion, la présentation de « l'accélérateur ».

fois par le néo-classique socialisant Aftalion et l'institutionnaliste J.M. Clark [1], relève d'une explication de la crise par la
surcapitalisation.

Le principe de l'accélérateur est simple : l'accélérateur
établit la relation entre la demande de biens de consommation
et la demande de biens de production. Tout accroissement de
la demande de biens de consommation entraîne une augmentation plus que proportionnelle de la demande de biens de
production. Les anticipations optimistes ne font qu'accentuer
cette distorsion. En revanche, tout ralentissement dans la
demande des biens de consommation peut entraîner un véritable effondrement dans la cote des biens de production. C'est
la fameuse théorie du « poêle d'Aftalion » : lorsqu'il fait froid
on allume le poêle : comme le feu a du mal à prendre on active
le tirage, le feu s'emballe, il fait trop chaud, on ouvre la
fenêtre. On retrouve ici, sous une forme imagée, les diverses
phases de la crise. Nous sommes loin du néo-classicisme.

Toutefois, cette théorie introduit un élément qui n'est pas
étranger au système keynésien : c'est l'insuffisante croissance
de la consommation qui entraîne l'effondrement de l'investissement. On verra d'ailleurs plus loin que, combiné au multiplicateur keynésien, l'accélérateur est un des éléments fonda-
mentaux de toute dynamique keynésienne.

Bien entendu, il faut reparler ici du recours au raisonnement par périodes qu'amène l'explication du cycle économique. Elle apparaît, avant même l'École suédoise, chez l'Espagnol G. Bernacer (1922) et chez l'Anglais Robertson (1927).


**4. Le raisonnement en termes de circuit.**

Nous avons vu que le raisonnement en termes de circuit est
une des caractéristiques de l'analyse keynésienne [2].

1. Cf. p. 166. — 2. Cf. I, p. 50 et s.

Chez Walras, l'interdépendance n'aboutit pas au circuit, car elle lie les individus et les marchés [1]. C'est l'économètre hollandais R. Frisch, premier prix Nobel de science économique, qui fait faire un progrès notable au système walrassien (en 1949), en introduisant des données globales. C'est dans une voie identique que s'engage aujourd'hui le Japonais Morishima [2]. Après Keynes et la généralisation des comptabilités nationales, il est difficile d'ignorer les grandeurs globales quand on parle d'interdépendance.

Le circuit keynésien est, quant à lui, un circuit de flux. Dès W. Petty, les physiocrates et K. Marx, on retrouve l'idée de la circulation monétaire. Les théories de la sous-consommation [3] et toutes les premières critiques de la loi de J.-B. Say amènent un raisonnement en termes de circuit : l'argent ne revient pas à son point de départ, de ce fait il y a un déséquilibre ou du moins un équilibre de sous-emploi.

On approchera beaucoup plus du système keynésien à partir du moment où l'on introduira des phénomènes proches du multiplicateur d'investissement [4].

C.A. Phillips donne, en 1920, une première formule du multiplicateur de crédit. L'argent prêté revient dans le circuit des banques et facilite la multiplication des prêts réflexes qui, à leur tour, etc. Les théories de la relance, connues sous le nom de politiques d'amorçage, ou encore de grands travaux contra-cycliques, vont aller plus loin. R. Kahn découvre, en 1931, la notion de multiplicateur d'emploi, qu'adapte J. M. Clark [5] dans *Économie des travaux publics* (1935), Keynes en fera le multiplicateur d'investissement. La même idée sous-tend les travaux qui devaient aboutir, après Keynes, à l'élaboration d'une véritable comptabilité nationale.

---

1. Cf. I, p. 82 et s. — 2. Cf. I, p. 127. — 3. Cf. p. 19 et s. — 4. Cf. I, p. 54. — 5. Cf. p. 50. Notons que J.M. Clark démontre que les exportations ont le même effet qu'une augmentation de dépense (1935).

# LES SUCCESSEURS DE KEYNES

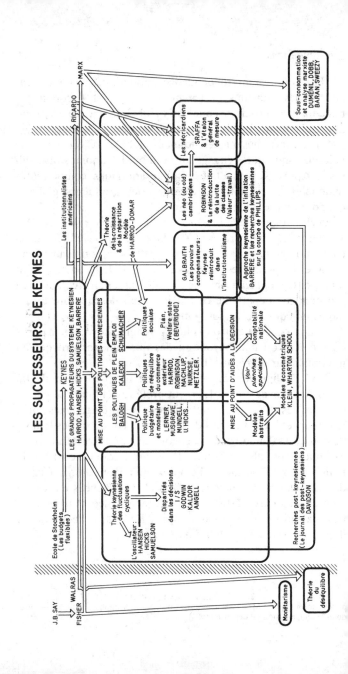

## 3. L'expansion keynésienne

Il n'est pas toujours facile d'identifier les keynésiens. Comme le dit Friedman : « Nous sommes tous des keynésiens. »

Keynes a entraîné avec lui une grande partie des économistes contemporains dans l'analyse macro-économique : Roy F. Harrod, James E. Meade (prix Nobel 1977), Alvin Hansen, Bent Hansen, Paul A. Samuelson (prix Nobel 1970), James Tobin (prix Nobel 1981), Francisco Modigliani (prix Nobel 1985), Alain Barrère, Jean Denizet, Jean Saint-Geours, Lawrence Klein (prix Nobel 1980), Nicolas Kaldor, Thomas Balogh, etc.

Certains n'ont fait que reformuler l'analyse keynésienne. D'autres en ont été les grands vulgarisateurs (parfois en la reformulant dans les habitudes pédagogiques néo-classiques). De ce point de vue, Samuelson, incontestablement keynésien par bien des aspects, peut être aussi considéré comme l'homme clé du renouveau néo-classique contemporain.

Cette jonction entre Walras et Keynes, les *théoriciens du déséquilibre* [1] cherchent aujourd'hui à la systématiser, mais ils demeurent des néo-classiques.

D'autres, comme nous l'avons vu, retrouvent la valeur-travail ricardienne ou la plus-value marxiste. Ce sont les néo-cambridgiens [2] de Joan Robinson. Ils cherchent à mieux intégrer la lutte des classes dans les perspectives keynésiennes. On les nomme de divers noms : néo-ricardiens, old ou néo-cambridgiens ou encore néo-keynésiens, selon l'importance qu'ils donnent — ou que l'on veut donner — à certains aspects de leurs théories.

---

1. Cf. I, p. 125 et s. — 2. Cf. I, p. 286 et II, p. 66.

De son côté, J.K. Galbraith a lui aussi cherché à mieux intégrer au système keynésien les rapports entre les groupes sociaux, mais dans une perspective institutionnaliste[1]. Il fait la jonction entre le courant keynésien et le courant des hérétiques « à la Schumpeter ».

Rappelons enfin qu'il est parfois difficile de distinguer certains monétaristes de certains keynésiens[2], même si la croyance ou non à la loi de J.-B. Say demeure un bon moyen de séparer un keynésien d'un monétariste.

A côté des post-keynésiens qui font la jonction avec les trois autres grands courants de la pensée économique, et que nous retrouverons plus loin, il existe un grand nombre de keynésiens beaucoup plus orthodoxes. Certains sont franchement des libéraux (tel Fellner), d'autres se situent dans une perspective plus interventionniste, d'autres, enfin, regroupés dans le *Journal of Post Keynesism,* veulent prolonger la pensée keynésienne hors des chemins néo-classiques.

Afin de ne pas être entraînés dans des classements difficiles, sinon impossibles, il nous a paru plus utile de nous attacher aux thèmes qui ont permis un développement et un approfondissement du système keynésien. La plupart du temps, ces élaborations théoriques prennent la forme de l'élaboration d'un modèle macro-économique. Il ne faut cependant pas confondre ces élaborations théoriques et les recherches beaucoup plus opératoires qui ont abouti aux comptabilités nationales actuelles et aux modèles macro-économiques utilisés par les pouvoirs publics. Sans Keynes, la politique économique n'aurait peut-être pas disposé des mêmes instruments d'aide à la décision.

1. Cf. p. 168. — 2. Cf. p. 86.

## 1. Croissance et fluctuation.

Si les classiques et Marx ont légué des théories du développement, Keynes ne s'est intéressé que marginalement au problème de la croissance, voire à celui des fluctuations. Sa boutade est restée célèbre : « A long terme, nous serons tous morts. »

### A) *L'établissement d'une théorie keynésienne du cycle économique.*

La base d'une théorie keynésienne du cycle est la *combinaison du multiplicateur et de l'accélérateur,* que l'on nomme parfois *l'oscillateur de Samuelson* [1]. On la retrouve dans la plupart des travaux explicatifs et des modèles keynésiens.

Hicks [2] a perfectionné l'oscillateur de Samuelson qui avait d'ailleurs déjà été décrit par A. Hansen.

Hicks part d'une croissance équilibrée (concept forgé par Roy F. Harrod [3]) et y introduit un choc erratique : un investissement autonome. Cet investissement entraîne un effet de multiplication du revenu national. L'accroissement de la consommation (impliqué par le multiplicateur) amène, par le jeu de l'accélérateur, une demande de biens de production, c'est-à-dire des investissements induits qui, à leur tour, entraînent un effet de multiplication.

On voit donc très bien comment, progressivement, l'expansion se développe jusqu'au « boom des affaires ». Malheureusement, l'expansion réelle ne peut pas se poursuivre indéfiniment. Soit elle se heurte au plein emploi, soit, progressivement, l'accélération de la consommation s'atténue (augmentation de l'épargne, limite des stocks...) et l'accélérateur

1. Cf. p. 80. — 2. Cf. p. 63. — 3. Cf. p. 34 et s.

entraîne un effondrement des investissements induits qui, à leur tour, entraînent un fonctionnement à l'envers du multiplicateur. La chute ne peut pourtant pas se poursuivre ; il vient un moment où, au fond de la dépression, il existe un minimum d'investissements nécessaires (renouvellement du capital, reconstitution des stocks, dépenses publiques...). A partir d'un redémarrage de l'investissement, multiplicateur et accélérateur permettent une reprise de l'expansion.

De leur côté, N. Kaldor, socialiste non marxiste hongrois, et Kalecki, socialiste marxiste polonais, ont construit un autre type d'explication du cycle, dû à la disparité entre les décisions d'épargne et d'investissement. On retrouve ce même type d'explication chez J.W. Angell et R.M. Goodwin. Les épargnants n'étant pas les investisseurs, on a, soit I > S, soit I < S. L'équilibre *ex-post* se rétablit, dans le premier cas, par une expansion, dans le second cas, par une contraction de l'activité économique. C'est en fait les capitalistes qui sont maîtres du jeu. Eux seuls peuvent épargner et décider d'investir. Ce cycle va dépendre de l'évolution de leur comportement et des délais entre leurs décisions et les effets de celles-ci.

### B) *Les modèles de la croissance équilibrée et de la répartition.*

L'exemple type de ces modèles est celui de R.F. Harrod. Il fut le premier, en 1938, à formuler une théorie de la croissance dans une optique keynésienne. L'Américain E. Domar a développé, de son côté, un modèle très proche, repris par Harrod en 1948.

Ainsi est née une série de modèles dits d'Harrod-Domar. Citons celui du libéral Fellner (1954), de Kaldor (1957), de Kalecki (1958), de Joan Robinson (1956 et 1962). Essayons de les caractériser.

*a) L'outil de base est le coefficient de capital,* c'est-à-dire le apport entre la valeur du capital en usage et celle de la production annuelle. Ce coefficient était connu des néo-lassiques (Böhm-Bawerk, Hayek) et il était à la base des héories de l'accélérateur (Aftalion, J.M. Clark).

L'utilisation du coefficient de capital par les keynésiens est une prise en compte des problèmes de l'accumulation du capital et du long terme. Il existe plusieurs formules de ce coefficient ; certaines d'entre elles, notamment celle utilisée par les néo-cambridgiens, distingue les valeurs réelles et les valeurs monétaires.

*b) La croissance est bien entendu équilibrée lorsque l'inves-tissement* ex-post *est égal à l'investissement* ex-ante *(prévu).* Le taux de la croissance équilibrée est égal au rapport entre la propension marginale à épargner et le coefficient de capital. Si le coefficient de capital est (en supposant une absence de progrès technique)

$$\beta = \frac{K}{Y} = \frac{\triangle K}{\triangle Y} = 5$$

et la propension marginale à épargner, 0,2, le taux de la croissance équilibrée sera de $G = \dfrac{0,2}{5} = 4\%$ [1].

En effet, dans notre exemple, un taux de croissance de 4 % permettra une égalité de l'épargne et de l'investissement $= 20\%$ ; $4\% \times 5 = 20\%$ [2].

A partir de ce concept de base, les modèles introduisent plusieurs autres types de taux : le taux de croissance garantie (GW), qui assure aux industriels, le profit désiré, le taux de croissance naturel (GN), qui permet une croissance égale à la croissance de la population augmentée de la croissance de la productivité.

1. Autrement dit : $G = \dfrac{S}{\beta}$  S = Propension marginale à épargner ;
β = Le coefficient de capital.

2. En effet, pour faire face à une croissance de 4 %, l'investissement devra représenter 20 % de la production.

On voit très bien comment les différences entre les tau permettent d'envisager le plein emploi et le maintien de l croissance :

G doit être égal à GW et GN

Les auteurs keynésiens en déduisent toute une série d conséquences :

1. Ainsi pour augmenter la croissance, il faut se rapproche de GW, voire le dépasser. Il faut donc que les entreprises s débarrassent du capital le plus ancien et utilisent du matérie plus moderne, plus productif. On a ainsi été amené à intro duire la notion de génération de capital.

2. Pour les modèles post-keynésiens, c'est l'investissemen qui détermine l'épargne, alors que pour les modèles néo classiques, c'est l'inverse.

3. Ces modèles adoptent une fonction de production géné ralement à complémentarité de facteurs : si le capital s'accroît l'emploi s'élève. Toutefois, avec l'introduction de génération de capital, la complémentarité existe au sein d'une génération mais, au total, il y a substitution du capital au travail. En effet les générations qui disparaissent sont remplacées par de générations utilisant plus de capital et moins de travail.

4. Il y a une relation mécanique entre le taux de profit et l taux d'investissement. Si la part des salaires augmente, la par des profits diminue et, finalement, le taux d'investissemen chute. Toutefois, si les salaires stagnent, la consommation es insuffisante, et nous avons un arrêt de la croissance. Le tout es de déterminer le partage salaire/profit le plus adéquat, d'o l'importance de la politique des revenus [1].

5. Ce sont généralement, du moins au départ, des modèle mono-sectoriels et d'économie fermée.

Si ces modèles ont servi à l'élaboration théorique et à la mis au point de modèles économétriques dans les pays développés

---

1. Ce sont les néo-keynésiens ou old-cambridgiens qui ont le plus développé c type de modèles en mettant l'accent sur les problèmes de la répartition.

leurs utilisations dans les pays sous-développés ont été très décevantes. En effet, les problèmes structuraux, notamment de désarticulation, enlèvent tout sens à l'analyse keynésienne [1] en termes de flux globaux.

## 2. L'intégration des relations économiques internationales.

L'extension de la théorie générale au cas d'une économie ouverte est l'œuvre d'Harrod, de Joan Robinson, de Fritz Machlup, de R. Nurkse et de L.A. Metzler.

### A) *Les propensions internationales et les multiplicateurs.*

Si Keynes a raisonné en économie fermée, il a beaucoup apprécié les mercantilistes lorsqu'ils conseillaient au prince d'accroître les exportations. Les post-keynésiens, avec le modèle d'équilibre global en économie ouverte, montreront dans cet esprit que la croissance économique peut être tirée ou poussée par les exportations.

En d'autres termes, les exportations peuvent compenser la faiblesse de la consommation domestique, à condition, évidemment, qu'il y ait excédent commercial. Cela n'est pas une découverte des post-keynésiens, puisque Keynes avait lui-même déjà assimilé l'excédent commercial à un investissement.

En période de récession ou de crise, la politique d'excédent commercial s'appelle politique d'exportation du chômage, ou politique de transformation des voisins en « mendiants » (selon l'expression de J. Robinson).

Pour les modèles post-keynésiens ouverts, les exportations sont autonomes par rapport au revenu national, tandis que les importations sont induites par le revenu national. Les exportations se comportent comme l'investissement, tandis que les

1. Cf. I, p. 260.

importations se rapprochent du comportement de l'épargne. On peut ainsi calculer une propension à importer et un multiplicateur d'exportation.

Les keynésiens donnent plusieurs versions des multiplicateurs du revenu national en économie ouverte. Ils envisagent, soit :

— un accroissement de l'investissement intérieur, avec la prise en compte des importations comme une fuite, au même titre que l'épargne, sans tenir compte du comportement du reste du monde ;

— un accroissement des exportations dans les mêmes termes que pour les investissements ;

— un accroissement des exportations ou de l'investissement en tenant compte du comportement du reste du monde (propensions marginales à importer et à exporter). Dans ce dernier cas, on en arrive à des formules de plus en plus complexes, auxquelles sont attachés les noms de Meade, Day, Metzler et Machlup.

### B) *L'approche-« revenu » du rééquilibrage de la balance des paiements.*

L'approche-revenu, qu'on appelle encore approche keynésienne, se distingue de l'approche des prix généralement adoptée par les classiques et néo-classiques.

Celle-ci croit au rééquilibrage automatique de la balance des paiements tandis que la première privilégie les changements de la demande.

Il ne sert à rien de dévaluer de 10 %, c'est-à-dire d'augmenter les prix des produits importés de 10 % et de baisser les prix des produits exportés de 10 % si, à l'intérieur, on continue à importer la même quantité et si l'étranger n'augmente pas sa demande. Dans ce cas, on ne fait que creuser le déficit. Il en est de même si la production nationale ne peut pas répondre aux demandes interne et externe, en raison du plein emploi des capacités de production. Joan Robinson parle, à ce propos, des *lasticités critiques*.

L'approche-revenu que développent les post-keynésiens a les antécédents classiques et néo-classiques, de Wheatley et Ricardo à Ohlin, en passant par Wicksell et Aftalion. Il existe, cependant, deux différences de taille entre ces précurseurs et les post-keynésiens :

— la première tient à l'hypothèse du plein emploi chez les néo-classiques, du sous-emploi possible chez les keynésiens ;

— la seconde, liée à la première, tient à l'hypothèse selon laquelle la baisse du revenu dans un pays correspond à une augmentation dans les autres, sans changement du volume global, tandis que les post-keynésiens démontrent avec les multiplicateurs du commerce extérieur, que le rééquilibrage n'est pas un jeu à somme nulle. Ce que gagne l'un n'est pas égal à ce que perd l'autre. Non seulement les gains peuvent être supérieurs aux pertes, mais il est possible également que les deux pays gagnent.

### 3. La politique budgétaire et fiscale.

Les post-keynésiens perfectionnent les multiplicateurs pour intégrer les effets des dépenses publiques, des impôts, de l'augmentation du budget équilibré (multiplicateur budgétaire de Haavelmo, 1945) et du monde de financement des dépenses.

Ils élargissent le keynésisme pour récupérer les leçons de l'expérience des budgets cycliques suédois, adoptés sous l'influence de l'École de Stockholm dans les années trente.

Les trois lois des *finances fonctionnelles* de Abba Lerner sont, à certains égards, le fruit du double héritage keynésien et suédois :

— Le Gouvernement fixe le solde budgétaire, et donc le montant de la dette publique, de telle sorte que l'équilibre global du plein emploi soit réalisé.

# LE DEVELOPPEMENT DES MODELES DE L'ECONOMETRIE

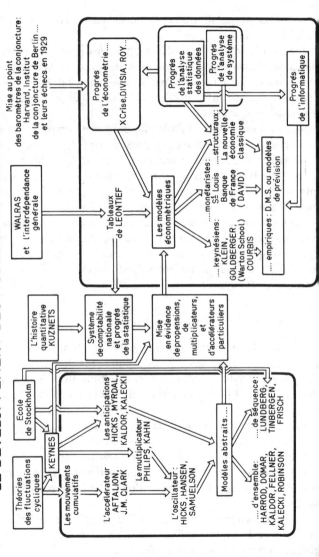

— Le Trésor doit financer le découvert budgétaire par une combinaison entre la création monétaire et l'emprunt, qui permet d'obtenir le taux d'intérêt et le niveau de l'investissement privé désirés.

— La création et la destruction de monnaie devraient être entreprises pour réaliser les deux premières lois.

Ces préoccupations d'efficacité dans *l'économie financière* se retrouvent chez divers auteurs, notamment chez R.A. Musgrave (*la Théorie des finances publiques,* 1959), ou encore chez S. Blinder et R. Solow, dans *Fondement analytique de la politique financière* (1974).

Aujourd'hui, la querelle entre keynésiens et monétaristes avec le fameux débat entre W. Heller et M. Friedman, donne lieu à une abondante littérature, avec parfois des positions à mi-chemin, telle celle du Canadien R. Mundell. C'est également le cas de l'Américain James Tobin qui reçut le Nobel 1981 pour son analyse des marchés financiers et de leurs rapports avec les décisions en matière de dépenses, d'emploi, de production et de prix. Il est cependant plus keynésien que monétariste. Il admet, certes, que les banques centrales ont le devoir de contrôler les tendances inflationnistes de leur société par le suivi de la masse et aussi de la vitesse de circulation de la monnaie, mais il considère également que la régulation anticyclique de la demande est fondamentale. La stagnation des économies européennes des années quatre-vingt est, selon lui, la conséquence du non-interventionnisme et de l'application du monétarisme mécanique. Au-delà de la problématique de régulation conjoncturelle, on note, en outre, la prise en compte des structures économiques dans la définition d'un système fiscal et d'une politique budgétaire. Elle apparaît dans les travaux d'Ursula Hicks et de B. Higgins, orientés vers les pays sous-développés. On la retrouve chez G. Shaw et A. Peacock, qui reformulent l'ouvrage de base de Musgrave dans *la Théorie de la politique budgétaire* (1971).

### 4. La mise au point d'outils d'aide à la décision.

Nous retrouvons ici avec plus de netteté l'origine et la clé de lecture du courant keynésien : *les économistes conseillers du prince*. Le système keynésien a facilité et accéléré tout à la fois la mise en place des comptabilités nationales et la mise au point des modèles économiques en macro-économie.

*A)* Nous avons déjà eu l'occasion de parler du développement des *modèles économétriques* [1] ; nous savons que la théorie keynésienne n'est pas l'unique raison de leur progrès, mais l'a largement favorisé. Parmi les économistes qui ont le plus contribué à l'élaboration de ces modèles, citons : L.R. Klein (prix Nobel 1980), Jan Tinbergen (prix Nobel 1969), Ragnar Frisch (prix Nobel 1969), W. Leontief (prix Nobel 1973), T. Koopmans (prix Nobel 1975), Simon Kuznets (prix Nobel 1971), T. Haavelmo, Jacques Mairesse, Y. Younes, E. Malinvaud et P. Massé, R. Courbis... En France, les principales équipes d'économistes qui travaillent à la mise au point de modèles économétriques appartiennent à l'INSEE et à la Direction de la Prévision.

Dans les années soixante, on vit apparaître de grands modèles macro-économiques, qui furent essentiellement keynésiens. Dans les années soixante-dix, on vit apparaître des modèles monétaristes. Il faut bien avouer que ces modèles n'ont guère donné satisfaction au moment où la croissance s'est infléchie.

Depuis lors, deux voies ont été explorées. D'une part, des modèles empiriques (tel le modèle français D.M.S. [2]) A partir

1. Cf. I, p. 275 et s.
2. Cf. I, p. 280.

d'une base keynésienne en ce qui concerne la formation de l'équilibre macro-économique, ces modèles combinent diverses approches. La division du modèle en blocs (prix, revenu, formation du capital, emploi, production par branche, consommation de biens durables, consommation de service, exportation...) permet en effet de déterminer les résultats d'un bloc en se référant à une théorie et de transmettre les résultats à un autre bloc dont le fondement théorique est quelque peu différent. D'autre part, on voit aujourd'hui se multiplier les tentatives de modèles dans l'optique d'une *nouvelle économie classique*. Ici, l'équilibre walrassien est au centre du modèle, et ce sont les comportements micro-économiques des agents, ou, plus exactement leur capacité à avoir des comportements rationnels, à optimiser et à anticiper, qui sont pris en compte dans les équations. Nous les retrouverons en présentant le déploiement des descendants d'Adam Smith [1].

**B)** L'histoire de la *Comptabilité nationale* ne se confond pas, elle non plus, avec celle du courant keynésien. Toutefois, ses liaisons avec le courant keynésien sont encore plus étroites que celles de l'élaboration des modèles économétriques.

*a)* On peut voir dans les travaux de W. Petty, G. King, et surtout de Quesnay, l'origine de la Comptabilité nationale. C'est cependant dans les années trente, au moment même où s'élabore la *Théorie générale* que se précisent les tentatives de Comptabilité nationale.

Une première tentative part de l'évaluation de *la richesse nationale*. Elle est faite en France par Colson, puis Vincent, en 1941, à la demande d'Alfred Sauvy. Elle rejoint les travaux de Gini, qui remontent à 1914 et se précisent dans les années trente.

---

1. Cf. p. 88-89.

# L'ORIGINE DE LA COMPTABILITE NATIONALE FRANÇAISE

## XVIIᵉ & XVIIᵉ SIECLES
KING, PETTY, QUESNAY
PREMIERES TENTATIVES
DE TABLEAUX ECONOMIQUES D'ENSEMBLE

DEVELOPPEMENT DE L'HISTOIRE QUANTITATIVE
DANS LES ANNEES 30
KUZNETS     Colin CLARK

COMPTABILITE EN PARTIE DOUBLE
CURTIS, COPELAND, GRUEMBAUM

COMPTABILITES NATIONALES ANGLO-SAXONNE
ET DU SYSTEME NORMALISE DES ETATS-UNIS

PREMIER SYSTEME FRANCAIS
DE COMPTABILITE NATIONALE

SYSTEME
EUROPEEN
DE
COMPTABILITE
NATIONALE

INSEE

SYSTEME ELARGI
DE LA COMPTABILITE NATIONALE

WALRAS
et
l'interdépendance
générale

C. GINI
↓
C. COLSON

SAUVY,
VINCENT
et l'Institut
de conjoncture

Le circuit
économique
de GRUNING

Tableaux
de
LEONTIEF

## J.M. KEYNES

Rapport
MEADE
et STONE

ISEA de
PERROUX

G. BORIS
P. MENDES-
FRANCE
et les grands
équilibres
macro-
économiques

Inspection
des Finances

Recherches du B.S.E.F.
et du S.E.E.F.

S. NORA, PROU, BLOCH-
LAINE, MERCIER, GRUSON...
DUMONTIER, FROMENT,
GAVANIER

COMMISSARIAT AU PLAN
de 1945

Une deuxième tentative se rapproche beaucoup plus de la Comptabilité nationale actuelle. *Le Circuit économique,* de F. Grüning, publié en Allemagne en 1937, est véritablement une première tentative de Comptabilité nationale.

De son côté, aux États-Unis, Kuznets (prix Nobel 1971), essayant de reconstituer des séries longues, met au point une conceptualisation. A la même époque, Leontief présente le modèle de base de ses tableaux d'*input, output.* En 1937, Colin Clark publie *Revenu national.* L'idée d'une comptabilité en partie double est mise au point aux États-Unis par M. Curtis et Morris Copeland, tandis qu'en Palestine, en 1938, L. Gruembaum élabore un système totalement intégré.

*b) C'est la révolution keynésienne qui est cependant l'élément décisif de l'évolution.* En 1941, Kuznets publie *le Revenu national et sa composition ;* de 1919 à 1938, Meade et Stone élaborent leur rapport, qui sera publié en 1944 sous la forme d'un livre blanc : *le Revenu et la Dépense nationale.*

En France, l'impulsion keynésienne va être donnée par l'Inspection des Finances. C'est un inspecteur des Finances, Jean de Largentaye, et non un universitaire, qui traduit, en 1938, la *Théorie générale.* C'est G. Boris, directeur de cabinet de Léon Blum, qui fait connaître Keynes à P. Mendès France (sous-secrétaire d'État au Trésor). Ce dernier popularise, d'abord auprès des députés, puis d'un plus vaste public, les idées de Keynes et les contraintes des grands équilibres macro-économiques.

Après le renversement du second cabinet Léon Blum, Paul Reynaud, sur les conseils d'A. Sauvy, met en place l'Institut national de la Conjoncture.

Il faudra cependant attendre la fin de la guerre de 1944-1945 pour voir se concrétiser en France la mise en œuvre d'une Comptabilité nationale. La création d'un commissariat au Plan va de pair avec une première tentative de bilan chiffré. J. Dumontier, R. Froment et P. Gavanier établissent les *dispo-*

*nibilités* de la France en 1929, 1938, 1945. En 1947, est publiée par le Plan une estimation du revenu de la France, et la revue de l'INSEE publie, la même année, *la Comptabilité nationale de la France en 1938, une méthode de comptabilité nationale.* De son côté, l'ISEA de F. Perroux multiplie les études théoriques de comptabilité nationale. Elle fait connaître les travaux anglo-saxons, alors que les Nations unies posent, dès 1945, les principes d'une normalisation de la Comptabilité nationale.

C'est cependant par la conjonction des efforts du Plan et de l'Inspection des Finances que sera véritablement établie la Comptabilité nationale française. Au ministère des Finances, le BESF (Bureau des études et statistiques financières) avait été chargé de faire un inventaire national. C'est de sa fusion avec une équipe venant du Plan que sortira, en 1950, le SEEF (Service d'études économiques et financières). Une grande partie des grands économistes de l'Administration y travaillent : C. Gruson, J. Sérisé, S. Nora, R. Froment, Ch. Prou, L.P. Blanc, R. Mercier. On doit principalement sa création à F. Bloch-Lainé et C. Gruson. C'est cette équipe qui créera le premier système français d'élaboration de la Comptabilité nationale, reprise par la suite par l'INSEE, et qui a été, depuis lors, plusieurs fois modifié. Actuellement, le « système élargi de Comptabilité nationale » de 1976 se rapproche du système européen et prend en compte les nouveaux problèmes auxquels les responsables de la politique économique doivent faire face.

Grâce à Keynes et aux hommes qui ont transformé sa théorie en outil d'aide à la décision, les rapports « de la science économique et de l'action » se sont précisés [1].

1. Nous reprenons ici le titre de l'ouvrage de Pierre Mendès France et Gabriel Ardent : *la Science économique et l'Action,* dont la seconde édition porte le titre : *Science économique et Lucidité politique.*

### CHAPITRE 2

# Les smithiens

La descendance d'Adam Smith est nombreuse et variée. Ses fils et lui constituent les classiques, dont le dernier fut J. Stuart Mill. Ses petits-fils sont les néo-classiques.

Bien des courants existent à l'intérieur de ce dernier groupe. Nous y trouvons une origine commune : le passage de la valeur-travail à la valeur-utilité, qui accompagne, à partir de 1870, le développement de l'analyse à la marge. C'est Keynes qui, en 1936, avec sa *Théorie générale*, enlève (et pour plusieurs décennies) le devant de la scène aux néo-classiques.

Aujourd'hui, nous voilà à l'ère des « nouveaux néo-classiques » ; on peut même parler d'une renaissance néo-classique.

## 1. Les classiques et leurs précurseurs

Depuis Keynes, l'habitude est prise d'appeler classiques [1] les économistes qui ont, soit vulgarisé, soit approfondi la pensée

---

1. L'expression fut utilisée pour la première fois par Karl Marx pour désigner le courant anglais allant de Petty à Ricardo et le courant français allant de De Boisguilbert à Sismondi, c'est-à-dire l'ensemble des économistes qui ont étudié « les relations réelles de production dans la société bourgeoise ».

d'Adam Smith. Mais pour être classique, la référence à l'auteur de *la Richesse des nations* ne suffit pas. Il faut préciser, en effet, que les fils d'Adam Smith restent attachés à la philosophie libérale et à l'ordre naturel, tout en acceptant la théorie de la valeur-travail [1]. A ce titre, Sismondi, qui se déclare disciple d'A. Smith, mais prône l'intervention de l'État, ne peut être classé dans cette École.

Ils eurent des précurseurs.

## 1. Les précurseurs des smithiens.

Adam Smith, sans être nécessairement le père de l'économie politique, a fourni le premier traité général de la discipline, intégrant ou critiquant les conceptions fragmentaires, partielles, parfois confuses des auteurs qui l'ont précédé. En ce sens, tous les auteurs pré-smithiens mériteraient de figurer dans le titre des précurseurs, soit de la méthode, soit des théories et de la problématique smithienne. Les idées classiques sur la valeur-travail, la division technique du travail, le libre échangisme, l'harmonie des intérêts, l'ordre naturel, l'état stationnaire, la relation entre la monnaie et les prix, etc., ne sont pas nouvelles.

Sans qu'il y ait un auteur qui les ait toutes exprimées, elles furent développées, bien avant la synthèse d'Adam Smith, par de nombreux philosophes appartenant à différentes époques et à des courants différents. Nous nous limiterons, ici, à la présentation de certains liens entre les théories et doctrines anciennes et celles d'Adam Smith.

1. La distinction entre valeur d'usage et valeur d'échange remonte au Grec Xénophon qui déjà assimilait la valeur d'échange au coût de production. Mais on reconnaît que l'auteur le plus déterminant et le plus proche de la conception smithienne de la valeur est le mercantiliste anglais William Petty, bien que Ibn

---

1. En fait, J.-B. Say et R. Malthus, généralement admis au nombre des classiques, confondent prix et valeur et annoncent la théorie de la valeur-utilité, d'où le qualificatif de pré-néo-classiques qu'on leur attribue quelquefois.

Khaldoun ait soutenu, trois siècles plus tôt, que le travail est la source de la valeur.

2. Xénophon avait également abordé la division technique du travail comme un moyen d'augmenter le « revenu de l'Attique ». On trouve une version plus moderne de cette théorie chez Vauban au XVIIᵉ siècle. Il existe un grand nombre de fables et dictons populaires qui disaient la même chose, à la même époque : « patience et longueur de temps font plus que force et que rage » (La Fontaine) ; « qui trop embrasse mal étreint », etc.

3. La philosophie de l'ordre naturel, fondement de l'harmonie des intérêts et du libre échange, est présente dans les *Essais d'arithmétique économique* (1680) de William Petty et, surtout dans les différents *Discours sur le commerce extérieur, la monnaie, l'intérêt* (1752) de David Hume (1711-1776), prédécesseur et ami d'Adam Smith à l'Université de Glasgow. Déjà Aristote (384-322 av. J.-C.) avait exprimé l'idée d'un ordre naturel en parlant des lois naturelles.

L'ordre naturel est source, soit d'un optimisme pur comme chez les physiocrates, soit d'un optimisme cynique — Bernard de Mandeville —, soit d'un certain optimisme comme chez Thomas Hobbes (1588-1679). Ce dernier propose dans le *Leviathan* l'instauration de la liberté du commerce avec la constitution d'un État-gendarme (monarchie absolue) destinée à veiller à ce que personne ne soit oisif et à ce que la loi de la nature soit respectée. Le *Leviathan* a donc des fonctions très limitées, sa puissance apparente doit suffire à dissuader les actions contraires à l'ordre naturel.

John Locke (1632-1704), à la même époque, développe des idées semblables, mais au lieu du *Leviathan* de Hobbes, il propose une monarchie parlementaire destinée à faire respecter la propriété privée, sans se préoccuper de la répartition des revenus.

En fait derrière l'idée d'ordre naturel pointe tout le libéralisme. Le Monarque ne peut déroger à l'ordre de la nature, inutile de légiférer quand tout va bien sans loi. Pour inventer la liberté, le siècle des Lumières a besoin de minimiser l'absolutisme.

4. La théorie de l'État stationnaire est exprimée dans *la République de Platon*, dans le *Traité des opinions des citoyens de l'État idéal* de Al-Farabi(?-950).

Le circuit du *Tableau économique* de Quesnay est aussi une représentation de l'État stationnaire. L'apport des smithiens — Ricardo et Malthus — plus que d'Adam Smith, par rapport à leurs précurseurs, est d'indiquer les mécanismes de l'apparition de l'État stationnaire.

5. La relation entre monnaie et prix, autrement dit, la théorie quantitative de la monnaie est, nous l'avons dit, l'une des plus anciennes théories économiques. Les smithiens sont dans ce domaine débiteurs à l'égard d'un grand nombre d'auteurs dont Richard Cantillon, Jean Bodin, John Locke.

### 2. L'École classique anglaise, ou les professeurs de « la science lugubre »[1].

Adam Smith[2] qui avait confiance dans l'ordre naturel des choses a eu comme principaux disciples, en Angleterre, R. Malthus, D. Ricardo et J.S. Mill. Ceux-ci ont eu le temps d'observer que la révolution industrielle s'accompagne de chômage, de misère des salariés. Tout n'est donc pas pour le mieux dans le meilleur des mondes. Tous, à la suite de Smith, annoncent l'apparition d'un état stationnaire où le profit ne permettrait que de renouveler le capital, où la croissance s'arrêterait[3].

1. Expression de Carlyle pour désigner Malthus, Ricardo et Mill.
2. Pour A. Smith, voir l'introduction de la deuxième partie du t. I.
3. L'École anglaise comprend également :

*a)* Edward West, qui expose la théorie de la rente foncière, en 1815, dans *l'Application du capital à la terre ;*

*b)* John Ramsay McCulloch, qui, dans son *Essai sur les salaires,* fonde la doctrine du fonds des salaires et, dans d'autres ouvrages, se montre un disciple de Ricardo ;

*c)* Nassau senior, connu pour avoir critiqué la loi de Malthus en reprenant l'idée d'Adam Smith selon laquelle l'individu, sous le désir d'améliorer sa condition, évite d'avoir trop d'enfants. Dans cette critique, il formule la première classification des biens de consommation en « nécessaires », « de convenance », « de luxe ». Il présente également, avant J.S. Mill, une théorie de l'intérêt fondée sur l'abstinence. Il approfondit la théorie des prix internationaux, suggérée par Ricardo. Avec *Méthode de la science de l'économie politique* (1836), il fait œuvre d'épistémologue.

*d)* S.M. Longfield fait une présentation de la théorie classique dans *Lecture sur l'économie politique* (1834).

### A) *Thomas Robert Malthus (1766-1834).*

On peut résumer en une phrase l'œuvre du pasteur Malthus : « Plus la population est nombreuse, moins il y a de consommateurs ; aux problèmes de l'explosion démographique, s'ajoutent ceux des crises économiques. » En effet, dans son *Essai sur le principe de la population* (publié en 1798), le pasteur Malthus montre que la population suit une progression géométrique (multiplication). Elle double tous les vingt-cinq ans. De son côté, la production agricole suit une progression arithmétique (addition). Ce dernier phénomène revient à faire l'hypothèse implicite des rendements décroissants [1]. La misère n'est pas le fruit des nouvelles institutions libérales, mais de l'intempérance des pauvres et de l'avarice de la terre.

Dans les *Principes d'économie politique* (publié en 1820), il conteste la loi des débouchés de J.-B. Say [2], en montrant que la cause des crises de surproduction provient de l'excès d'épargne des riches. Il ne faut pas assister les pauvres en aidant leur consommation, car ils en profiteraient pour avoir plus d'enfants. Seuls, les riches, en épargnant moins, peuvent éviter les crises.

### B) *David Ricardo (1772-1823).*

Ricardo a allié la réussite sociale, le pessimisme économique et l'abstraction théorique.

Nous avons déjà eu l'occasion de présenter sa vie et ses principaux apports [3]. Le « système » ricardien constitue un approfondissement et un élargissement des travaux des physiocrates et de Smith. Ricardo est dominé par l'idée que la croissance ne peut être éternelle.

Rappelons les principaux éléments de son œuvre :

---

1. Cf. I, p. 293. — 2. Cf. p. 19. — 3. Cf. I, p. 291 et s.

— la théorie de la rente différentielle [1] ;
— la valeur-travail [2] ;
— la baisse du taux de profit et l'état stationnaire [3] ;
— la théorie des coûts comparatifs [4].

Il est certain que Ricardo a ouvert la voie à l'économie abstraite et à l'analyse moderne. Sa valeur-travail a été au centre d'un grand nombre de débats (marxisme/néo-classicisme). Aujourd'hui, avec les néo-ricardiens, son influence retrouve une certaine vigueur [5].

### C) *John Stuart Mill (1806-1873).*

Ce dernier des grands classiques fut un homme attachant [6]. Nous avons eu, là encore, l'occasion de présenter l'originalité de ce libéral-socialiste. Sa théorie fonde, en quelque sorte, le réformisme et donne la synthèse la plus accomplie de la pensée classique, tout en sapant une partie de ses fondements [7].

Le principal ouvrage de Mill, *Principes d'économie politique* (publié en 1848), fut pendant cinquante ans le manuel de base des universités anglaises et américaines. Il ne sera remplacé qu'à la fin du XIXᵉ siècle par le manuel d'Alfred Marshall, qui eut, comme lui, le sens de la nuance.

Avec toute l'École anglaise, J. S. Mill croit à l'état stationnaire. Toutefois, chez lui, cet état perd son caractère infernal. Son avènement n'est pas une catastrophe, mais un stade de développement qu'il faut préparer par l'éducation des hommes, afin qu'ils réduisent leur appétit de biens matériels et qu'ils assurent une stabilité de la population.

La durée du travail pourrait alors être réduite au profit des activités artistiques et religieuses. On retrouve chez Mill

---

1. Cf I, p. 293. — 2. Cf. I, p. 294. — 3. Cf. I, p. 294. — 4. Cf. I, p. 264. — 5. Cf. I p. 299. — 6. Cf. I, p. 200.
7. Cf. notamment sa théorie de la répartition, I, p. 200 ; sa conception des lois naturelles, I, p. 201 ; et sa théorie de la valeur, I, p. 290.

l'esprit du fameux slogan français de Mai 1968 : « Ne dépensez pas votre vie à la gagner », lorsqu'il écrit que, dans l'état stationnaire, les « hommes n'emploieront pas leur vie à courir après les dollars ».

### 3. L'École française et l'optimisme classique.

Sur le continent, les idées de A. Smith ont été acclimatées (certains, comme Marx, diront déformées), en se colorant d'optimisme.

Ce sont les libéraux français qui constituent l'essentiel de cette École. Toutefois, par certains de ses aspects, l'Américain Carey peut leur être rattaché.

### A) *J.-B. Say (1767-1832).*

En travaillant en Angleterre, ce protestant né à Lyon découvre en même temps l'œuvre d'Adam Smith et la révolution industrielle anglaise. De retour en France, il participe à la Révolution. Il publie, en 1803, le *Traité d'économie politique,* qui passe pour une vulgarisation claire de l'œuvre de Smith. Nommé membre du Tribunat [1], il crée une entreprise de filature de coton dans le Pas-de-Calais, en s'inspirant des principes qu'il a vu appliquer en Angleterre. Il se brouille avec le régime impérial, et il retrouve les honneurs sous la Restauration.

Après avoir publié, en 1821, le *Catéchisme d'économie politique* et, en 1828, le *Cours complet d'économie politique,* il bénéficie d'une chaire d'économie au Collège de France en 1830. Il entretient une abondante correspondance avec Malthus, Ricardo et Sismondi.

Sa loi des débouchés, fondamentale pour comprendre toute une partie de l'analyse en termes d'équilibre, l'a rendu

---

1. Assemblée parlementaire du Consulat.

célèbre [1]. Toutefois, il faut aussi noter que J.-B. Say, productiviste libéral, est un des premiers économistes de la production [2], qu'il élargit aux services. Il est également le premier à faire du profit le revenu d'un service rendu à la production par l'entrepreneur, et distingue ce dernier des capitalistes [3]. Enfin, il annonce les néo-classiques en se ralliant à la valeur-utilité [4].

### B) Les disciples de J.-B. Say : du libéralisme au conservatisme.

Après J.-B. Say, l'École française classique s'éloignera de plus en plus de la théorie économique et fera essentiellement l'apologie du libéralisme, ou participera à sa mise en œuvre tel Michel Chevalier qui concluera le traité de libre-échange avec l'Angleterre en 1860.

*a)* Le plus représentatif de cette tendance est Frédéric Bastiat (1801-1850). Polémiste virulent, il mit son talent au service du libéralisme dans les *Sophismes économiques,* les *Petits Pamphlets* et les *Harmonies économiques.* On retiendra surtout de lui son acharnement contre le protectionnisme et une conception très particulière de la valeur, qui tente de faire la synthèse entre la valeur-utilité et la valeur-travail [5].

*b)* Avec Charles Dunoyer (1786-1862), l'apologie du libéralisme prend une forme négative. Le « laissez-faire, laissez-passer » n'a pas pour fonction d'améliorer le bien-être et de rendre ainsi la lutte des classes inutile. Il permet d'inciter les travailleurs, enclins à la paresse, à l'alcoolisme et à bien d'autres vices, à demeurer dans le bon chemin. L'État ne doit pas intervenir contre la misère : « Il est bon qu'il y ait, dans la

1. Cf. I, p. 122 et s. On notera que la loi de J.-B. Say est aujourd'hui reprise par les théories de l'offre (cf. I, p. 129).
2. Cf. I, p. 202.  — 3. Cf. I, p. 202.  — 4. Cf. I, p. 310.  — 5. Cf. I, p. 311.

société, des lieux inférieurs où soient exposées à tomber les familles qui se conduiraient mal et d'où elles ne pourraient se relever qu'à force de se bien conduire », écrit-il dans *la Liberté du travail* (1845, p. 409). Le libéralisme vire au conservatisme louis-philippard.

Ce sera une grande constante du courant smithien français. A la fin du XIX<sup>e</sup> siècle, son plus beau fleuron sera le professeur Leroy-Beaulieu. Il poussera le conservatisme social jusqu'au domaine théorique. Régnant en maître sur l'enseignement universitaire français, il pourfendit les marginalistes et Walras.

*c)* Même si Jacques Rueff (1896-1978) peut être considéré comme un néo-classique, il s'insère dans une conception qui le rapproche du courant classique du conservatisme libéral, par la place qu'il donne à l'ordre naturel et aux mécanismes automatiques.

Rueff énonce la doctrine de l'ordre social, en opposant deux types de civilisations « les civilisations à vrais droits, où les prix sont libres, et les civilisations à faux droits, ou à prix contrôlés » (1946).

C'est certainement dans l'œuvre de J. Rueff que l'on trouve l'essentiel d'une théorie contemporaine de l'ordre naturel. Certes, les crises existent. L'État doit intervenir, mais seulement pour garantir la concurrence et le libre fonctionnement des automatismes qui règlent naturellement l'économie. C'est là l'essentiel de l'École néo-libérale qu'il fonde, en 1938, avec W. Lippmann et L. Baudin (1887-1962), et à laquelle on peut rattacher F. von Hayek [1], Cassel [2], Emil Maria Claasen, W. Ropke. La « Société du Mont Pèlerin » regroupe la plupart des économistes qui maintiennent cette tendance libérale.

Ce néo-libéralisme est toujours, implicitement ou explicitement, présent dans toutes les analyses de J. Rueff. Dans sa

1. Cf. p. 84. — 2. Cf. p. 23.

*théorie de la parité des pouvoirs d'achat* (reprise au Suédois Cassel), il montre que tout niveau de charges salariales supérieur à la productivité marginale suscite un déséquilibre de la balance commerciale qui ne peut être corrigé que par une dévaluation monétaire.

Dans sa théorie du chômage volontaire, il fait de l'assurance-chômage la cause de l'aggravation du chômage. Cette théorie est aujourd'hui reprise et développée par les nouveaux économistes [1]. Dans l'analyse du système monétaire international, Rueff devient l'ardent défenseur de l'étalon-or, seul capable de garantir les automatismes de l'ordre naturel contre les interventions intempestives de l'État.

Aujourd'hui, le néo-libéralisme français est représenté par certains nouveaux économistes français [2]. Cependant, ces derniers sont également nettement influencés par les monétaristes américains et le renouveau de l'École néo-classique américaine (théorie du capital humain, l'économie du crime, théorie du marché politique, etc.).

### C) *H. C. Carey (1793-1879) et l'optimisme américain.*

Aux États-Unis, Henri Charles Carey présente le paradoxe de militer pour le libéralisme à l'intérieur, dans les mêmes termes que Bastiat (accusé de plagiat), et pour un protectionnisme plus radical que celui de F. List [3]. L'analyse économique retient surtout de lui sa réfutation de la théorie ricardienne de la rente, non pas, comme Bastiat, en disant que la terre est gratuite, mais en signalant qu'aux États-Unis l'homme a d'abord cultivé les terres les plus accessibles, plutôt que les meilleures. Les rendements sont donc croissants. Toutefois, Carey laisse inébranlable la théorie selon laquelle le prix est déterminé en fonction de l'exploitation la moins fertile.

Dans les rapports entre les nations, il dénonce le libre-échange. C'est, pour lui, le moyen le plus sûr d'« établir pour

1. Cf. I, p. 90. — 2. Cf. I, p. 78. — 3. Cf. p. 156.

le monde entier un atelier unique, la Grande-Bretagne, à qui doivent être expédiés les produits bruts du globe en subissant les frais de transport les plus coûteux » *(Principes de la science sociale,* 1861).

Le nationalisme américain de Carey le pousse à généraliser la protection tarifaire à tous les produits, afin de maintenir des salaires élevés aux États-Unis et d'assurer un développement équilibré de la nation en utilisant toutes les compétences et en faisant participer toutes les régions.

Ce courant doctrinal (libéralisme interne, protectionnisme externe), auquel S. N. Patten (1852-1922), donnera sa formulation la plus achevée dans ses *Fondements économiques de la protection,* n'est pas sans liens avec la politique d'immigration sélective et les politiques commerciales ultra-protectionnistes adoptées par les États-Unis.

## 2. Les néo-classiques et l'invention du marginalisme

Autour de 1870, apparaît un courant qui désire reprendre le « programme de recherche scientifique » d'A. Smith, en le dégageant de sa gangue idéologique. On veut faire de l'économie une *science positive,* et non normative, séparée des contingences historiques. Pour les tenants de cette École, il faut revenir au modèle de base smithien — *l'homo œconomicus* — tel que Stuart Mill l'a décrit, et faire de l'économie une science de la rationalité économique [*][1]. Cependant, par référence à ce modèle, l'économie pure est qualifiée de normative. Elle n'est plus une science des faits constatables.

En premier lieu, ce courant réagit contre la valeur-travail

---

[*] Une science du choix des moyens à usages alternatifs (d'après L. Robbins). En fait le caractère normatif est explicite chez Jevons qui écrit : « maximiser le plaisir est le problème économique » *(Théorie de l'économie politique).*
[1]. Cf. I, p. 238.

classique et opte pour la *valeur-utilité* [1]. *La valeur-travail* est incohérente par rapport aux hypothèses de base de l'harmonie des intérêts, puisqu'elle est fondée sur la théorie des antagonismes et de la lutte des classes ; ce n'est pas le travail qui détermine la valeur, mais l'utilité marginale (d'où le nom de marginalisme) de la dernière unité du bien disponible, c'est-à-dire la satisfaction ou le plaisir [2].

En deuxième lieu, le néo-classicisme va ouvrir la voie aux recherches sur le calcul de la marge [3]. Il faut, à ce propos, bien distinguer néo-classicisme et marginalisme. Le marginalisme relève, en effet, d'une technique d'analyse qui s'est développée dans des contextes totalement différents, y compris en Union soviétique [4]. Le néo-classicisme est un courant théorique qui, dans une perspective micro-économique, accorde un rôle central au calcul en termes d'utilité dans la réalisation de l'équilibre économique.

En troisième lieu, le néo-classicisme va pousser très loin l'analyse en termes d'équilibre [5]. Il abandonne les recherches sur la croissance et la dynamique des structures que l'on trouve chez les classiques. Par cette recherche, il veut donner un nouveau fondement théorique au libéralisme.

Il faut cependant préciser que l'expression d'« économiste libéral » n'est synonyme ni d'économiste marginaliste ni d'économiste néo-classique, même si l'approche micro-économique, le recours à la notion d'équilibre réalisé par de petites variations, correspondent implicitement à une idéologie libérale. Celle-ci a pu être explicitement récusée par des néo-classiques comme Walras ou Arrow.

Walras se déclare socialiste. Il est vrai que sa théorie de l'équilibre général et des interdépendances a influencé la pensée économique bien au-delà du courant néo-classique libéral [6].

1. Cf. I, p. 306 et s. Nous avons vu comment l'utilité vient aux économistes et les précurseurs de la valeur-utilité.
2. Cf. I, p. 109. — 3. Cf. I, p. 108 et s. — 4. Cf. I, p. 185. — 5. Cf. I, p. 254. — 6. Cf. I, p. 82.

La figure suivante illustre les rapports qui s'établissent entre les trois notions d'idéologie libérale, de théorie néo-classique et des méthodes d'analyse à la marge :

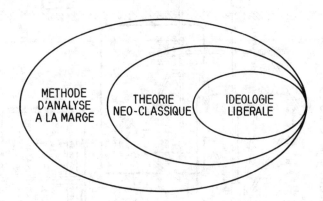

Trois livres, publiés sans concertation par trois auteurs (Jevons, Menger, Walras), en trois lieux différents (Manchester, Vienne et Lausanne), entre 1871 et 1874, donnent naissance au double mouvement marginaliste et néo-classique. Ce sont : *Théorie de l'économie politique*, de S. Jevons (1871), *les Fondements de l'économie politique*, de C. Menger (1871) et les *Éléments d'économie politique pure*, de L. Walras (1874). Il y eut cependant des précurseurs.

## 1. Les précurseurs de l'analyse à la marge.

On peut retrouver des précurseurs à l'analyse de la marge dès le moment où des raisonnements en termes de variations relatives ont été introduits. Turgot, ce physiocrate qui se défendait de l'être, est un marginaliste sans le savoir, lorsqu'il énonce la loi des rendements décroissants de l'agriculture. A. Smith l'opposera à la loi des rendements croissants de l'indus-

# DES CLASSIQUES AUX NEO-CLASSIQUES

SISMONDI

K. MARX et le marxisme

PREMISSES DU LIBERALISME

CONDILLAC

BENTHAM (La valeur utilité)

BOISGUILBERT

PHYSIOCRATES → TURGOT

HOBBES

ARISTOTE (L'ordre naturel)

LOCKE

HUME

XENOPHON (Valeur d'usage et valeur d'échange)

W. PETTY (Valeur - travail)

A. SMITH

Le "père" de l'économie politique et le fondateur de l'école classique

RICARDO (De la rente foncière à la valeur - travail)

LES PESSIMISTES

MALTHUS (La loi de la population)

STUART MILL (Synthèse et dépassement. Le "Mais" réformiste)

LES OPTIMISTES

J.B. SAY (de la loi des débouchés à l'industrialisme)

LES PRECURSEURS DES NEO-CLASSIQUES

Première tentative pour introduire la valeur utilité

GOSSEN (Les lois de la consommation)

Introduction des mathématiques dans l'analyse économique COURNOT, DUPUIT, A. WALRAS

V. THUNEN

LE LIBERALISME CONSERVATEUR

BASTIAT (L'ultra-libéralisme)

CAREY (L'économie complexe)

Dulibéralisme interne au protectionnisme externe: PATTEN

K. MENGER 1re école de Vienne

BÖHM-BAWERK Von WIESER 2e école de Vienne

L'École de Vienne

L'École de Lausanne

L. WALRAS (L'équilibre général et l'interdépendance)

L'École anglaise

JEVONS

A. MARSHALL (L'équilibre partiel)

LES FONDATEURS DU NEO-CLASSICISME

DUNOYER (L'ordre conservateur)

LEROY-BEAULIEU (L'ultra-conservatisme intellectuel et politique)

J. RUEFF

trie. La théorie de la rente foncière de Malthus et Ricardo [1] constitue une analyse à la marge avant la lettre. Il en va de même des schémas de reproduction de Karl Marx.

Toutefois, au sens strict de la méthode marginaliste, le club des précurseurs (tardivement reconnus) se limite aux Allemands, J. H. von Thünen (*l'État isolé*, 1824), et Heinrich Gossen (*Évolution des lois de la consommation humaine*, 1854) [2] et aux Français Augustin Cournot (*Recherches sur les principes mathématiques de la théorie des richesses*, 1838) et Jules Dupuit (*Mémoire sur la mesure de l'utilité des travaux publics*, 1844).

Hermann Heinrich Gossen (1811-1858) énonce les lois de la consommation qui portent son nom [3]. Ces lois furent aussi mises au jour par l'Anglais Jennings, en 1855. Il faudra cependant attendre 1871 et Menger (École marginaliste de Vienne), et surtout Alfred Marshall (École de Cambridge) [4] pour les voir acceptées.

Augustin Cournot (1801-1877) [5] substitue explicitement des relations d'interdépendance, des fonctions de type mathématique, aux relations de causalité classiques. On doit rapprocher son influence de celle du père de Walras, Auguste Walras [6] et de celle de Jules Dupuit. Il est aussi le premier théoricien de l'oligopole, dit encore duopole de Cournot.

Jules Dupuit (1804-1866), ingénieur des Ponts et Chaussées, s'est intéressé à *l'Utilité des travaux publics et des voies de communications* (1844). Sa principale découverte sera le *surplus du consommateur* (Dupuit parle d'*utilité relative*). Ce concept sera redécouvert plus tard par Alfred Marshall, et John Richard Hicks lui attribuera le rôle d'indicateur du bien-être des individus et de la société [7].

---

1. Cf. I, p. 293. — 2. Cf. I, p. 109.
3. Cf. I, p. 202. Rappelons que les deux lois de Gossen sont la loi de l'utilité marginale décroissante, la loi d'égalisation des utilités marginales.
4. Cf. plus loin, p. 64 et p. 65. — 5. Cf. I, p. 312. — 6. Cf. I, p. 312.
7. Cf. p. 65. Le problème de l'addition des satisfactions individuelles et subjectives n'a cependant jamais pu être résolu. Il est connu sous le nom du problème de

J.H. von Thünen (1783-1850), ce propriétaire exploitant agricole, dont l'influence fut grande, dit A. Marshall, est connu pour être un des premiers théoriciens de l'économie spatiale. Il fit, en localisant les terres sur un espace, une démonstration plus rigoureuse de la rente foncière que celle de Ricardo. Toutefois, son apport essentiel fut la détermination d'un salaire « naturel » à partir d'une formule qui préfigure les théories de la productivité marginale des facteurs de production [1]. Aujourd'hui l'économie spatiale est développée en France par C. Ponsard. Ce domaine de recherche est particulièrement marqué par le développement d'outils mathématiques complexes (topologie, pré-topologie, ensembles flous...). Les travaux de G. Duru, J.-P. Auray et A. Mougeot (cf. structures productives européennes — CNRS) s'inscrivent dans ce courant d'économie mathématique de l'espace.

### 2. Les premières Écoles néo-classiques.

Les premiers néo-marginalistes et néo-classiques s'organisent autour de trois Écoles, qui ont chacune leur spécificité et leurs fondateurs.

### A) *L'École marginaliste de Vienne.*

Elle est constituée de trois générations successives d'économistes :

*a) La première génération* est celle du fondateur, Carl Menger (1840-1921). Il ne pense pas que les mathématiques

---

*no-bridge.* Les théoriciens de l'économie du bien-être (Pareto, Pigou), de la nouvelle économie du bien-être (J. R. Hicks) et de la fonction sociale du bien-être (Bergson) ont vu leurs travaux rester au stade des pures abstractions, en raison de l'incapacité pratique à résoudre ce problème du *no-bridge.* La démonstration décisive de l'impasse de l'économie du bien-être sera donnée en 1951, par K.J. Arrow, dans son ouvrage célèbre : *Choix sociaux et Valeur individuelle.*

1. Cf. **I**, p. 203.

puissent faire avancer les sciences sociales et se tourne vers la psychologie pour expliquer l'économie, et, en particulier, la valeur-utilité. C'est lui qui montrera que la valeur des biens indirects (biens intermédiaires ou d'équipement) dépend des biens directs (biens de consommation) [1].

*b) La deuxième génération* est celle de E.von Böhm-Bawerk (1851-1914) et de F. von Wieser (1851-1926). Avec eux, l'École de Vienne atteint sa maturité.

E. von Böhm-Bawerk s'intéresse principalement au capital et à l'intérêt du capital. Il fait du capital du travail détourné (accumulé) et rejette donc la théorie néo-classique des trois facteurs de production (la terre, le travail, le capital) [2].

L'allongement du processus de production demeure l'élément majeur de la productivité. En termes actuels, les techniques les plus capitalistiques sont les plus efficaces. L'intérêt est le prix du temps et de la dépréciation du futur.

Frédéric von Wieser, par certains aspects, approfondit l'apport de C. Menger ; par d'autres, il conteste le maître et se rapproche du courant radical moderne. Il introduit la notion de *valeur naturelle*. Il lie valeur et distribution des revenus.

Pour von Wieser, la valeur d'usage n'est pas le seul élément qui contribue à la formation de la valeur d'échange. Il faut aussi tenir compte des revenus et de leur distribution. Les objets à faible valeur d'usage social, car recherchés par les riches, ont une valeur d'échange élevée. Inversement, les biens de première nécessité, consommés par tous, ont une faible valeur d'échange. Cela assure une rente élevée aux consommateurs les plus riches. Si on supprimait l'inégalité des revenus, on retrouverait *la valeur naturelle des biens*. Les biens à forte utilité sociale auraient une valeur d'échange plus élevée ; les objets à faible valeur d'usage social conserveraient une valeur d'échange plus faible. Par conséquent, la production devrait s'orienter vers les biens les plus nécessaires. On retrouve des éléments de cette analyse chez les contemporains : Baudrillard, Galbraith et Marc Guillaume.

*c) La troisième génération*, appelée deuxième École de Vienne, va véritablement diffuser à travers le monde ce que l'on nommera le néo-marginalisme. Nous en reparlerons.

**B) *L'École marginaliste anglaise et la fondation de l'École de Cambridge*.**

*a)* Nous avons vu comment Stanley Jevons (1835-1882), qui enseigna à l'université de Manschester, et l'original F. Y. Edgeworth (1845-1926), qui fut, lui, professeur à Oxford, ont tous deux cherché à introduire la valeur-utilité et le calcul en termes de plaisir et de déplaisir au centre de l'analyse économique [1]. Ils vont aussi, contrairement à C. Menger, faire des mathématiques abstraites la base de l'économie. « La théorie économique, écrira Jevons, est de caractère purement mathématique », si elle se veut scientifique. Une mort prématurée empêcha Jevons de mener à bien ce programme. Il a laissé une œuvre très variée, mais inachevée. Il reste que la principale faiblesse de Jevons est d'avoir cru qu'on parviendrait un jour à mesurer l'utilité, et ignoré que le volume de la demande agit sur le volume de l'offre.

*b)* Si Jevons a le mérite d'avoir été le pionnier du marginalisme, et si F. Y. Edgeworth en a été l'illustrateur le plus abstrait, Alfred Marshall (1842-1924), professeur à l'université de Cambridge, apparaît comme le diffuseur de la nouvelle économie classique en Angleterre [2]. Ses *Principes d'économie politique*, publiés en 1890, remplacent ceux de John Stuart Mill comme manuel universitaire. Au-delà de ce manuel (dont

1. Cf. I, p. 310.
2. Avec P. Wicksteed (1844-1927).

l'influence est telle que Schumpeter parle de l'« âge marshallien »), le fondateur de l'École de Cambridge est connu pour
être aussi celui de l'économie industrielle. Dans l'ouvrage
*Industrie et Commerce* (1919), il se montre le précurseur de la
théorie de la concurrence monopolistique, à laquelle sont
attachés les noms de l'Américain E. H. Chamberlin et de
l'Anglaise Joan Robinson.

Avec *Monnaie, Crédit et Commerce* (1923), il annonce la
révolution keynésienne, en présentant le phénomène de
vitesse de transformation du revenu monétaire en dépense.
Marshall fut d'ailleurs le professeur de J.M. Keynes et l'incita
à revenir à l'enseignement de l'économie.

La quantité, la qualité et la diversité des apports d'A.
Marshall à l'analyse économique sont impressionnantes. Il
redécouvre, après Dupuit, et en généralisant son usage, le
surplus du consommateur [1]. Il distingue longue et courte
période [2]. Il établit que les coûts de production se modifient
avec le temps et avec l'accroissement de la dimension d'une
entreprise (les économies d'échelle [3]). Il met en lumière les
effets externes, qui permettent à une entreprise d'abaisser ses
coûts sans trop délier sa bourse (par exemple par la construc-
tion d'une route avec l'argent des contribuables).

Les effets externes traduisent en fait les interdépendances
des agents économiques. La reconnaissance de ce phénomène
est important pour l'analyse économique, car il ouvre la voie à
la justification de l'intervention de l'État. Avec A. Marshall, le
libéralisme n'est plus ce qu'il était, Keynes est proche.

Les pionniers du marginalisme ont affiché des théories
extrêmes pour se distinguer nettement des théoriciens de la
valeur-travail et pour imposer une vision libérale face au
socialisme. La maturité d'un mouvement qui se caractérise par
des positions médianes est sensible dans les travaux d'Alfred
Marshall, comme si l'équilibre partiel (son thème de recherche
principal) constituait aussi sa philosophie personnelle. Le

1. Cf. p. 61. — 2. Cf. I, p. 262 et 255. — 3. Cf. p. 113.

« système marshallien » est plutôt une pratique du « mi-chemin » qu'un système cohérent. Il définit un objet normatif à l'économique (terme introduit par Jevons pour éviter le pléonasme de « science économique »), elle doit améliorer le bien-être de l'humanité. Il écrit également que : « Le but dominant de l'économie, pour la présente génération, est de contribuer à une solution des problèmes sociaux » (*Principes*, p. 42).

« La situation normale » de la libre concurrence n'est plus un idéal à atteindre, mais un instrument d'analyse. Elle fait partie du jeu d'hypothèses, ce qui permet à Marshall de partir d'une situation statique et simplifiée. Sa méthode de travail ne l'empêchera pas d'être tenté par le socialisme.

Alfred Marshall léguera à l'*École de Cambridge* (et moins à un disciple ou un élève particulier), cette tendance à se situer dans l'équivoque. L'École de Cambridge, après Marshall, sera illustrée aussi bien par A.C. Pigou (proche des idées de Say, mais distinguant l'utilité sociale et l'utilité individuelle ; il sera un des initiateurs de l'économie du bien-être) que par Keynes, qui le critique, mais aussi par Joan Robinson, qui s'intéresse à la concurrence imparfaite néo-classique, à l'accumulation du capital marxiste, par Piero Sraffa, qui préconise un retour à Ricardo, par N. Kaldor, qui appliquera pour la croissance économique les théories de Keynes, tout en gardant un fond marxiste [1].

Le socialisme, en germe chez A. Marshall, s'épanouira dans le mouvement fabianiste, avec notamment John Hobson (le « disciple révolté » de Marshall), qui sera le premier théoricien de l'impérialisme [2].

---

1. L'ambiguïté de l'École de Cambridge est telle qu'on ne sait plus très bien, aujourd'hui, si ce que l'on nomme les néo-cambridgiens, sont des néo-keynésiens, des néo-marxistes ou des néo-ricardiens ; cf. p. 31. En tout cas, il faut bien distinguer ces néo-cambridgiens, également appelés parfois « old cambridgiens » des « new cambridgiens », qui sont, eux, les « nouveaux néo-classiques », très liés aux écono-mistes américains actuels, ils participent à la renaissance du libéralisme. Et il y a une école de Cambridge aux U.S.A.
2. Cf. p. 21.

### C) *L'École de Lausanne.*

Selon Schumpeter, Léon Walras (1834-1910), fondateur de l'École de Lausanne, est le plus grand économiste, pour avoir trouvé une solution complète et précise à l'équilibre général.

Nous avons déjà parlé de sa vie [1] et de l'importance de son œuvre [2], qui dépasse de beaucoup le courant smithien. Nous n'avons donc pas à revenir sur son apport, qui cherche à démontrer :

— l'interdépendance de tous les prix et de tous les revenus [3] ;

— les conditions et les mécanismes de l'équilibre général [4] ;

— le rôle de l'utilité dans la formation des prix et de la valeur d'échange [5] ;

— la fixation du prix de la monnaie [6].

### a) *Le successeur direct : Vilfredo Pareto (1848-1923).*

Italien, né à Paris, de parents exilés politiques, V. Pareto, avant de prendre la succession de Léon Walras à Lausanne, en 1893, a d'abord exercé la profession d'ingénieur des chemins de fer, puis des forges. Dès 1870, établi à Florence, il participe aux campagnes libre-échangistes de Cavour, et défend un libéralisme extrême. C'est Pantaleoni qui lui fera découvrir Walras et le convertira à l'économisme pur.

Comme celle de L. Walras, son œuvre est double. Il poursuit les recherches sur l'économie pure et mène parallèlement des recherches sociologiques et de sciences politiques. Dans ces deux domaines, il développe une théorie de l'élite et une critique virulente du socialisme et de la démocratie. Alors qu'il

1. Cf. I, p. 82. — 2. Cf. I, p. 83. — 3. Cf. I, p. 84. — 4. Cf. I, p. 84. — 5. Cf. I, 312. — 6. Cf. I, p. 117 et 308.

prend, dans son œuvre économique, position pour la neutralité scientifique. Sa sociologie, avec sa théorie de l'élite et ses recherches en sciences politiques en font un des inspirateurs du fascisme. Mussolini voudra le nommer sénateur en 1922, mais il refusera, pour acquérir la citoyenneté du fugitif État libre de Fiume. Au soir de sa vie, il y a quelque tension tragique dans cet homme qui chercha toujours à déterminer scientifiquement, sans y parvenir, l'optimum économique et, en même temps, reconnut l'utilité des doctrines qu'il qualifiait lui-même d'absurdes [1].

Dans sa première œuvre d'économie pure, son cours d'économie politique de 1896, il apparaît comme le pur disciple de Walras. Toutefois, il préfère parler des « ophelimités » (aptitude d'un bien à satisfaire un besoin) et pense qu'un phénomène économique n'est pas statique, mais dynamique.

La rupture avec Walras et l'ensemble des théoriciens néoclassiques d'alors se manifeste dans son *Manuel d'économie politique* de 1906. Il va rejeter la théorie de l'utilité cardinale et lui substituer l'utilité ordinale *des courbes d'indifférence* [2]. Il ouvre la voie au néo-marginalisme. Nous en connaissons déjà le principe : le consommateur ne « mesure » plus l'utilité d'un bien ; il sait seulement qu'il préfère une quantité de « A », pour un prix donné, à une quantité de « B » à un prix donné. Il classe des préférences. Pareto pense ainsi pouvoir éviter l'irréalisme d'une comparaison entre les utilités (mêmes si comme nous l'avons vu, la comparaison entre les utilités aboutit à un prix, seul élément visible et tangible [3]). Ce qui est plus important, c'est l'utilisation de ce raisonnement dans les rapports entre l'individu et la collectivité. C'est l'invention de *l'optimum* : cette notion désigne une situation telle que l'amélioration du bien-être d'un individu ne peut être obtenue que par la détérioration du bien-être d'au moins un autre. Partant des courbes d'indifférence de deux contractants

---

1. Cf. I, p. 249. — 2. Cf. I, p. 111. — 3. Cf. I, p. 313.

areto parviendra ainsi à démontrer comment le point de angence des courbes d'indifférence de ces deux contractants st le point qui assure le maximum de satisfaction possible. Il uvrait la voie aux recherches sur *l'économie de bien-être*.

*b) De l'optimum à l'économie de bien-être.*

En fait, l'économie de bien-être a deux origines : Pigou et areto.

A.C. Pigou (1877-1959), successeur de Marshall à la tête de École de Cambridge, est le dernier des néo-classiques de la remière génération.

Il a été une des cibles favorites de Keynes. Comme Marshall, il veut faire contribuer l'économie à la solution du roblème social mais cherche à sortir du simplisme de son aître, que l'on pourrait résumer par l'adage bien connu : Plus le gâteau est gros, plus la part de chacun sera grande. » ujourd'hui encore, lorsqu'on fait du PNB par tête un dicateur de bien-être, on se réfère à une idée d'A. Marshall, ans ce qu'il nommait le dividende national.

Pigou définira le bien-être par le maximum d'utilité et bordonne sa réalisation à une répartition plus juste des venus et de la production. Il faut favoriser les entreprises à ndement croissant et permettre la satisfaction des besoins à ande intensité.

En fait, Pigou faisait du bien-être la somme algébrique de tisfactions impossibles à mesurer.

Dans la lignée de Pareto, en 1934, Hicks va ouvrir une ouvelle voie à l'économie de bien-être. Il va déplacer *ptimum* parétien (qui cherchait à déterminer principalement meilleure combinaison possible des choix de la production et la consommation) vers la *distribution*. Malheureusement, le ssage d'un individu à deux, puis à l'ensemble de la collecti-té, ne se fait pas aisément. Dans le choix collectif, l'optimum Pareto est indéterminé ; il faut qu'on se donne des *normes* choix et que l'on suppose la société unanime. Il

existe, en effet, autant de situations optimales, au sens de
Pareto, que de combinaisons possibles dans la répartition de
richesses. Si l'unanimité n'est pas faite, Barone, Hicks et
Kaldor ont imaginé la formule des versements compensatoi
res. C'est l'idée que l'on retrouve dans : « Les pollueurs seron
les payeurs. » La compensation maintient-elle l'optimum e
mesure-t-elle le coût social ? Rien n'est moins sûr, et, en tou
cas, on risque d'aboutir à des effets pervers (« Je paie, donc je
pollue »).

Rappelons que l'addition des satisfactions individuelles n':
jamais pu être réalisée. On parle, à ce propos, de *no-bridg*
entre l'individuel et le collectif. Ce point a été illustré par K
Arrow sous la forme du théorème de l'impossibilité. Autre
ment dit, l'aggrégation des préférences individuelles transiti
ves (si A > B et B > C alors A > C) ne donne pas de
préférences collectives transitives. Le choix entre trois pro
grammes peut donner A > B > C > A. Signalons que c
paradoxe de Arrow est connu aussi sous le nom de paradox
de Condorcet qui le révéla le premier au XVIIIᵉ siècle.

En fait, on se heurte à l'impossibilité de la définition d
bien-être collectif, indépendamment de l'imposition des choi
politiques et des rapports entre les groupes sociaux. Comm
souvent, le néo-classicisme se heurte à son incapacité
prendre réellement en compte les rapports de forces. C'est e
tentant de lever cette insuffisance que certains économiste
actuels essayent de donner un second souffle à l'économie d
bien-être [1].

Il reste que les recherches sur l'économie de bien-être on
permis d'affiner les analyses en termes de choix et d'accéléré
l'évolution néo-classique vers une science des choix dan
l'allocation des ressources rares.

---

1. Cf. p. 87.

*c) La renaissance walrassienne vers une École néo-walras-sienne.*

Pendant plusieurs décennies, Pareto a éclipsé Walras. Aux États-Unis, E.H. Chamberlin avait remis en cause, dans les années trente, le modèle de concurrence pure et parfaite, et opté pour le modèle de concurrence imparfaite. Il avait sapé ainsi les fondements de l'analyse walrassienne dans un cadre néo-classique.

Ce n'est que dans les années quarante-cinquante, que le néo-classicisme redécouvre Walras [1]. Son équilibre général était le seul système capable de résister au système keynésien. Nous savons que l'interdépendance générale qui le fonde dépasse le cadre de l'analyse néo-classique.

A côté des recherches, dans une perspective néo-classique de plus ou moins stricte observance, menées par Arrow (prix Nobel), Maurice Allais, G. Debreu (prix Nobel), J.R. Hicks (prix Nobel), Samuelson (prix Nobel), l'influence de Walras est beaucoup plus générale. Elle se manifeste dans l'établisse-ment des tableaux de relations inter-industrielles de W. Leontief (prix Nobel), dans la contre-révolution keynésienne des théories du déséquilibre [2], ou encore, chez les économistes français. E. Malinvaud (directeur de l'INSEE), J.-C. Milleron (directeur de la Prévision). La partie la plus solide et la plus intéressante du nouveau néo-classicisme pourrait être nommée néo-walrassienne.

---

1. Cf. p. 83. — 2. Cf. I, p. 125 et s.

# LE NÉO-CLASSICISME , DU MARGINALISME AU NÉO - MARGINALISME

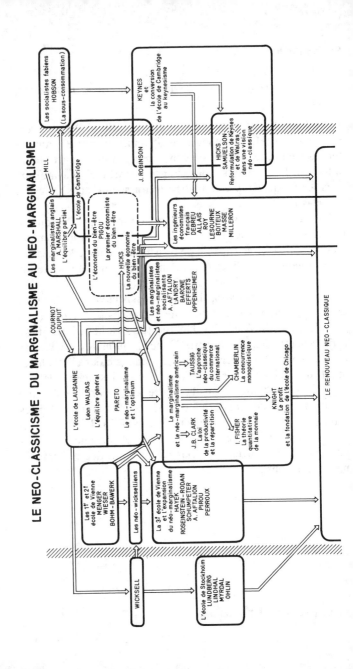

## 3. L'invasion marginaliste et le néo-marginalisme

A partir du début du XX<sup>e</sup> siècle, des foyers de néo-classicisme se développent aux États-Unis, en Suède, en Italie, en Allemagne et, plus restrictivement, en France.

Notons que, dès le début du siècle, et surtout dans l'entre-deux-guerres, le néo-classicisme va de plus en plus nettement passer au *néo-marginalisme*. L'hédonisme simpliste des fondateurs va être abandonné, au profit du *calcul économique*. Nous avons déjà signalé cette mutation à propos de la deuxième École de Vienne et de Pareto.

1. Le néo-marginalisme se refuse à une option libérale *a priori*. Le calcul économique peut aussi bien régir une économie capitaliste qu'une économie centralisée.

2. A la suite d'Irving Fisher et de certains marginalistes américains, on admet que l'appréciation de l'utilité peut dépendre du milieu social et de la pression sociale.

3. Enfin, ils substituent (sauf von Neumann) à l'utilité cardinale l'*utilité ordinale*. Cette solution, qui évite la « mesure » d'un élément subjectif, répond aussi au fait que l'utilité d'un bien ne peut être jugée en soi, mais par rapport à d'autres biens. Cette hypothèse est plus conforme aux règles de l'équilibre général et de ses interdépendances.

Ce programme de recherches semble bien, *a priori*, définir ce que devrait être une science économique « positive » et « générale ». C'était déjà le projet des premiers néo-classiques, mais nous savons que ce n'est pas si simple. Il faudrait également admettre que la science économique est d'abord la science des choix, ce qui n'est pas l'objectif de tous les économistes.

**1. La deuxième École de Vienne [1] et la diffusion du néo-marginalisme [2].**

Contrairement à ce que son nom pourrait laisser croire, le centre de cette École ne se situe plus à Vienne, mais dans diverses universités réparties dans le monde (la montée du nazisme en Europe explique en partie cette dispersion).

L'approche n'est plus psychologique et littéraire, *mais fortement mathématique.* La psychologie sommaire de la première École de Vienne (les deux premières générations) est abandonnée, afin de construire une théorie fondamentale du calcul économique (l'utilité ordinale remplace l'utilité cardinale [3]). Cette troisième génération fonde véritablement le néo-marginalisme et se charge de sa diffusion.

Les principaux représentants de ce courant sont Hans Mayer, von Strigl, Nicolas Rosenstein-Rodan, Friedrich von Hayek et l'inclassable Joseph Schumpeter, mais aussi Albert Aftalion, Gaétan Pirou, François Perroux, Henri Bousquet, René Courtin pour la France, E. Pantaleoni, Luigi Einaudi et Ugo Ricci pour l'Italie.

Nous verrons que plusieurs économistes de cette École néo-marginaliste [4] sont, comme Schumpeter, devenus des hérétiques impénitents, notamment Fr. Perroux. Il est vrai que la deuxième génération de la première École de Vienne, qui forma Schumpeter, cultivait déjà les idées hétérodoxes. Bien entendu, le néo-marginalisme dépasse le cadre de la deuxième École de Vienne.

**2. Le marginalisme américain.**

La vigueur du courant néo-classique américain, consacrée par de nombreux prix Nobel, a commencé avec les travaux de

1. Cf. p. 64. — 2. Cf. p. 68. — 3. Cf. I, p. 110. — 4. Cf. p. 185.

J.B. Clark, I. Fisher, F. Knight et E. H. Chamberlin, pour ne citer que les pionniers les plus importants.

C'est essentiellement à partir des élaborations du marginalisme américain et d'un retour à Walras que se développe la contre-offensive néo-classique actuelle.

*A) J. B. Clark (1847-1938)* peut être considéré comme un des fondateurs du marginalisme. C'est lui qui va préciser la *loi naturelle de la répartition* en fonction de la productivité marginale des facteurs [1]. Toutefois, il faut noter que sa préoccupation première fut de dénoncer les trusts et les monopoles qui empêchent le fonctionnement du marché.

*B) F.W. Taussig (1859-1940),* professeur à Harvard, est surtout connu pour sa contribution à la théorie néo-classique du commerce international [2]. On lui doit notamment l'approfondissement de la notion de terme de l'échange avancée par Stuart Mill. F.W. Taussig a un grand nombre de disciples (J. Viner, J.H. William, H.D. White). Dans les années trente, il fait figure de keynésien en préconisant le déficit budgétaire pour assurer la reprise et la diminution du chômage.

*C) Irving Fisher (1867-1947).* Il fut un des plus grands économistes américains. Professeur à l'université de Yale, il a abordé un très grand nombre de sujets. Il est particulièrement connu pour avoir formalisé la théorie quantitative de la monnaie [3] avec le plus de justesse possible. Il fut aussi un des premiers économistes à critiquer l'hédonisme et la comptabilité des utilités dans la théorie du choix du consommateur, en cela, Irving Fisher est néo-marginaliste. Il fit montre de préoccupations macro-économiques (sa théorie monétaire le démontre) et s'intéressa à l'analyse sectorielle. On lui doit d'importantes contributions en statistique. Il cherche à évaluer le capital à partir de la valeur actuelle des biens et services qu'il peut produire. Il analyse la nature de l'intérêt et en fait une

1. Cf. I, p. 202 et 203. — 2. Cf. I, p. 265. — 3. Cf. I, p. 131.

résultante du degré d'impatience à consommer et de l'oppor-
tunité d'investir. Au total, Fisher ouvre la voie à l'*École
monétariste* actuelle et, d'une certaine manière, à Keynes. Ce
dernier considérait d'ailleurs que I. Fisher était son « grand-
père » spirituel.

*D) Frank Knight (1885-1973).* Il est le fondateur de l'École
dite « de Chicago », dominée aujourd'hui par Milton Friedman. Cette École, célèbre pour ses théories ultra-libérales, a
eu, en effet, pour fondateur le théoricien moderne du profit.
Dans son ouvrage, *Risque, Incertitude et Profit*, Knight présente le profit comme la contrepartie du risque assumé par
l'entrepreneur, ou, du moins, de *l'incertitude* dans laquelle il
demeure. On peut s'assurer contre un risque, non contre une
incertitude. Rien ne permet de dire que les ventes anticipées
seront réalisées. Le profit exigé est d'autant plus élevé que
l'incertitude de l'avenir est grande [1]. En revanche, les entrepreneurs sont prêts à accepter des pertes s'ils sont certains de
l'avenir. Cette vision explique leur comportement. Elle explique moins le profit qu'elle ne le justifie. Elle est de nature
apologétique, et bien dans la ligne de l'ultra-libéralisme de
l'École de Chicago.

Knight rejoint aussi le courant de R. Cantillon et J.-B. Say,
auxquels succéderont les conservateurs et néo-libéraux français et s'associera F. Perroux dans sa jeunesse. Toutefois,
comme Taussig, son idéologie libérale n'empêchera pas
Knight de signer, dans les années trente, un appel en faveur du
déficit budgétaire.

*E) Edward H. Chamberlin (1899-1967).* Comme nous l'avons
vu, partant de la concurrence imparfaite, il s'écarte de l'analyse walrassienne. Il va plus loin, d'ailleurs, que l'analyse de la
concurrence imparfaite formulée par les institutionnalistes

---

1. Cf. I, p. 46.

américains [1]. Il propose une théorie nouvelle, qui combine à la fois la concurrence et le monopole, *la Théorie de la concurrence monopolistique,* publiée en 1933. Son idée de base est simple : les producteurs sont toujours concurrents, mais les produits mis sur le marché ne sont jamais identiques (homogènes). Chaque firme cherche ainsi à différencier ses produits et à faire croire qu'elle en a le monopole. Elle peut donc élever ses prix sans perdre sa clientèle.

Son analyse annonce la théorie de la *filière inversée* de Galbraith [2], et les recherches de Joan Robinson. Ainsi, pendant que se développe en Grande-Bretagne la révolution keynésienne, les fondateurs du marginalisme américain préparent les conditions d'une contre-offensive.

### 3. L'École de Stockholm.

Nous avons déjà présenté les principales caractéristiques de cette École dans la partie traitant des pré-keynésiens. Nous devons cependant la citer également dans ce chapitre, car la plupart de ses membres appliquent le raisonnement « à la marge » et raisonnent bien en termes de marchés, et non de flux. En fait, comme nous l'avons vu précédemment, nous sommes en présence d'une élaboration théorique complexe. Certains des membres de l'École de Stockholm peuvent être classés dans plusieurs courants [3].

### 4. Les autres Écoles marginalistes européennes.

Sur le reste du continent européen, le néo-marginalisme n'a pas donné lieu à la formation d'Écoles aussi nettement constituées.

1. Cf. p. 165. — 2. Cf. p. 168. — 3. Cf. p. 25.

### A) *En Grande-Bretagne.*

On assiste à une domination keynésienne, qui n'a pas permis la formation d'une véritable École britannique néo-marginaliste. L'École de Cambridge [1] est passée, avec armes et bagages, du côté de Keynes, puis au néo-keynésisme.

Seul, John Richard Hicks (prix Nobel), professeur à Manchester, puis à Oxford, a développé une certaine perspective néo-classique. En 1939, son ouvrage *Valeur et Capital* reformule, d'une manière peu orthodoxe, l'équilibre général de Walras. Par la suite, avec Hansen, il expose l'articulation entre les politiques budgétaires et les politiques monétaires [2] et recherche une synthèse entre les conceptions néo-classiques et keynésiennes. On ne peut pas être britannique et nier l'apport de Keynes. Hicks annonce lui aussi les théories du déséquilibre.

### B) *Sur le continent.*

En dehors de la *deuxième École de Vienne* [3] et des *néo-wicksclliens* [4] allemands, qui se confondent le plus souvent avec elle et constituent un vigoureux courant néo-marginaliste, il faut signaler d'autres tendances.

*a) Certains économistes néo-classiques recherchent une voie socialiste ou socialisante ;* ils ne constituent pas une École, mais une simple conjonction de préoccupations.

*En Italie,* E. Barone (1859-1924) aura comme principal mérite d'étudier le fonctionnement d'une économie socialiste centralisée, en 1908. Il montre la possibilité théorique d'appliquer l'équilibre walrassien et les principes de la fixation de l'optimum à une telle économie. Avant la NEP et les réformes

---

1. Cf. p. 66.
2. Cf. I, p. 65 et II, p. 33 ; et aussi son rôle dans l'économie de bien-être, p. 69.
3. Cf. p. 74. — 4. Cf. p. 25.

économiques soviétiques, il affirme que l'on doit prendre en compte les contraintes d'un équilibre général et il annonce ce qu'Oskar Lange désignera sous l'expression de « socialisme de marché »[1].

*En Allemagne,* pour Otto Efferts (1870-1923), la recherche du profit maximum peut s'opposer à la réalisation de la production maximum. Il faut donc un contrôle social qui interdise le malthusianisme économique, préjudiciable aux moins riches. F. Oppenheimer (1870-1943) reprend, de son côté, la vieille idée de Gossen, Henry George et Walras, de nationalisation du sol, mais préconise la liberté du marché. Il enseignera ce socialisme libéral au futur chancelier L. Erhard, père du « miracle économique allemand ».

*En France,* A. Aftalion veut concilier la justice (le socialisme) et l'efficacité marginaliste, grâce à une économie contrôlée par l'État. Keynes n'est pas loin. En fait, on peut très bien classer Aftalion parmi les pré-keynésiens de la macro-économie et de la théorie *du cycle.* Dès 1907, il a en effet mis en évidence *l'accélération,* qui est aujourd'hui un des éléments de base des modèles macro-économiques. Redécouvert beaucoup plus tard par J.M. Clark[2], l'accélérateur sera combiné avec le multiplicateur par Samuelson[3], dans le cadre de ses analyses dynamiques.

De son côté, A. Landry (1874-1956) tente de mettre l'économie au service d'un socialisme compatible avec l'individualisme français. Il veut « nettoyer » le marginalisme de son idéologie libérale. Comme Otto Efferts, il dénonce les effets des monopoles. Après la Première Guerre mondiale, il se consacre davantage à la démographie. Avec son ouvrage *la Révolution démographique* (1934), il va (avec A. Sauvy), amener le renouveau des recherches démographiques. Il bascule alors vers les hérétiques « à la Schumpeter » et la dynamique des forces et des structures.

1. Cf. p. 148. — 2. Cf. p. 28. — 3. Cf. p. 33.

*b) Un courant, héritier de la tradition des ingénieurs écono-mistes français à la Dupuit* [1], *a participé au progrès de l'écono-métrie contemporaine.* Ce groupe comprend, en effet, un grand nombre d'ingénieurs économistes : C. Colson (1853-1939), F. Divisia (1889-1964), Maurice Allais, J. Lesourne, E. Malinvaud, J.-C. Milleron. Il donne une place importante à l'analyse mathématique et se situe dans une perspective directement walrassienne.

Certains membres de ce groupe vont parvenir à une refor-mulation de l'équilibre général walrassien. Maurice Allais, en 1943, puis en 1953, publie un traité d'économie pure qui est la formulation la plus achevée, en français, de la théorie walras-so-parétienne. Toutefois, son approche, utilisant des analyses mathématiques sophistiquées, apparaît à certains comme une apologie du capitalisme libéral. Ainsi, Allais présente pour la première fois la démonstration du théorème fondamental du rendement social. D'après ce théorème, « toute économie, quelle qu'elle soit, collectiviste ou de propriété privée, doit s'organiser sur une base décentralisée et concurrentielle ».

G. Debreu, à partir de la théorie des ensembles, publie aux États-Unis, en 1958, *Théorie de la valeur, une analyse axioma-tique de l'équilibre économique.* En moins de cent pages, il expose toutes les hypothèses de la théorie de l'équilibre et les relations entre équilibre et optimum dans une économie de marché. Ce travail lui valut le prix Nobel (1983).

D'autres ont préféré approfondir les problèmes de choix dans les tarifications et les investissements (Marcel Boiteux, P. Massé, Jacques Lesourne, R. Roy, S.C. Kolm...).

Enfin, une partie des membres de ce courant, avec d'autres économistes mathématiciens, participent à la création de la Comptabilité nationale française. Ici, ce courant rejoint les recherches keynésiennes macro-économiques et la démarche de Leontief.

1. Cf. p. 61.

Aujourd'hui, Edmond Malinvaud développe, de son côté, une analyse très proche de celle énoncée par les théoriciens du déséquilibre [1]. Économiste et spécialiste de la croissance, Edmond Malinvaud a une démarche originale. Il est keynésien quand le problème qu'il examine est keynésien, néo-classique quand le problème est néo-classique : « Dans une situation de chômage keynésien, il est naturel de faire appel à la médecine keynésienne... il faudra interrompre cette action dès que se manifesteront les effets favorables sur l'investissement et que l'offre de biens et de services sera moins excédentaire » (in *Nouveau Développement de la théorie macro-économique du chômage*, 1978). Ses deux ouvrages, *Leçons de théorie micro-économique* (1969) et *Leçons de théorie macro-économique* (1982), constituent une manifestation de cette ambivalence.

Cet ensemble d'économistes est d'autant plus important que certains d'entre eux ont joint à une élaboration théorique de très haut niveau des responsabilités administratives de premier plan (direction de l'INSEE, direction de l'EDF, direction de la Prévision, commissaire au Plan...). Ces responsabilités expliquent aussi qu'ils aient combiné, plus que d'autres, l'analyse micro-économique des choix et l'analyse macro-économique des équilibres globaux.

## 4. Les tendances nouvelles et la contre-offensive néo-classique

Les Écoles et les auteurs que nous venons de citer enracinent leurs programmes de recherches dans des préoccupations qui n'ont pas comme premier objectif la réplique à la révolution keynésienne. En effet, ils ont, soit écrit avant Keynes, soit n'ont pas cherché à répliquer à Keynes. Certains (par exemple Hicks) n'ont pas souhaité s'opposer à Keynes, mais trouver

---

1. Cf. I, p. 125.

# LES PRINCIPALES TENDANCES DU RENOUVEAU NEO-CLASSIQUE

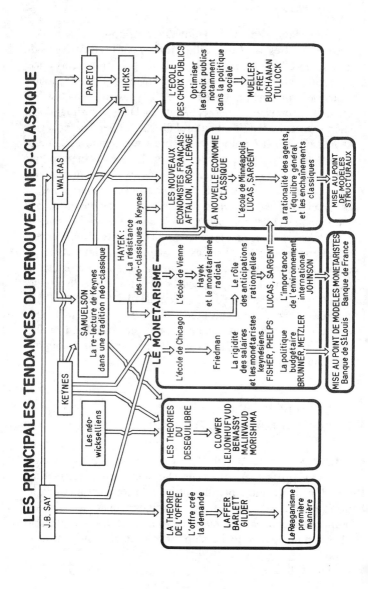

une présentation de Keynes plus conforme aux habitudes néo-classiques.

Pendant plusieurs décennies, le courant keynésien a dominé la pratique économique, mais l'élaboration théorique est demeurée en partie néo-classique, notamment aux États-Unis. Il est vrai que l'utilisation intempestive de formalisations mathématiques abstraites est sans pareille pour l'accumulation théorique.

Un des hommes clés de la contre-offensive néo-classique est *Paul Anthony Samuelson* (prix Nobel), né en 1915, professeur depuis 1940 au Massachusetts Institute of Technology (MIT). Économiste aux larges vues, il a adopté des idées de Keynes ou les a reformulées dans une optique néo-classique. Mais surtout, son célèbre ouvrage, l'*Économique,* a joué aux États-Unis, pendant des générations, le rôle de manuel national d'économie. Or, ce manuel, qui ne renie ni Keynes ni Walras, est fondamentalement néo-classique dans sa démarche. Plus que d'autres, Samuelson a vulgarisé l'équilibre walrassien et l'a remis au centre de l'analyse néo-classique. Or, nous l'avons dit, Walras est le seul néo-classique qui pouvait, sans trop de dégâts, supporter le choc de la révolution keynésienne. Nous sommes très loin, chez Samuelson, d'une position anti-keynésienne, on peut même, à plus d'un titre, en faire un keynésien. Notons d'ailleurs qu'il fut conseiller du président Kennedy, qu'il s'oppose souvent à Friedman et que, s'il a également beaucoup combattu les néo-cambridgiens, il est aussi, depuis quelques années, un des auteurs américains qui reconnaissent l'importance du marxisme [1]. Finalement, c'est parfois moins par ses positions personnelles que par le rôle qu'il va indirectement jouer dans la formation de la nouvelle génération des économistes américains que Samuelson est un des personnages clés de la contre-offensive néo-classique. Les contributions

---

1. Nous ne classons pas dans les néo-classiques les néo-ricardiens, car ils nous semblent beaucoup plus proches des néo-keynésiens et font le plus souvent partie des néo-cambridgiens qui, avec Joan Robinson, évoluent vers un keynésisme plus radical.

sont nombreuses dans plusieurs domaines de la science économique, mais son œuvre majeure demeure *Fondements de
l'analyse économique*.

A côté de Samuelson il faut aussi donner une place
importante à Friedrich August von Hayek, qui a perpétué la
deuxième École de Vienne.

Pour Hayek, l'intervention publique est « la route de la
servitude », la liberté économique, le rempart de la liberté
politique. Hayek est en outre un anti-keynésien farouche, et
peut être classé parmi les monétaristes (dont beaucoup sont
plus proches de Keynes), mais de nature micro-économique,
par opposition au monétarisme global de Milton Friedman.

Il a pourtant joué un rôle important dans l'élaboration du
système keynésien : ses observations à propos du *Traité de la
monnaie* (1930) de Keynes ont été prises en compte dans la
*Théorie générale*. Après la publication de ce dernier livre,
Hayek a essayé de démontrer qu'une consommation croissante
entraîne, à partir d'un certain niveau, une réduction du volume
des investissements et du revenu national, et non leur accroissement, comme le soutenait Keynes. Il développe ici une idée
de son maître Böhm-Bawerk et la lie à l'approche wicksel-
lienne : ce n'est pas l'épargne qui finance l'investissement,
mais la création de monnaie ; la demande de biens de consommation augmente trop vite par rapport à la demande de
biens d'équipement. Non seulement la structure devient moins
capitalistique, mais la production des biens d'équipement, qui
n'est pas étroitement liée à la consommation, risque d'être
affectée par une chute des ventes.

Autrement dit, l'expansion du crédit et de la masse monétaire conduit à une affectation erronée des facteurs de production. Nous ne sommes pas loin de Friedman. Par ailleurs, ce
raisonnement micro-économique appliqué à la macro-économie a été longtemps oublié. Il est aujourd'hui repris, mais dans
une autre perspective, par les théories du déséquilibre.

Nous ne ferons pas ici un inventaire détaillé des diverses

tendances qui animent cette contre-offensive : nous les avons déjà exposées dans le reste de l'ouvrage. Nous voudrions simplement caractériser chacune d'entre elles. Bien entendu, comme nous sommes en présence d'une évolution en cours, il est très difficile de savoir si les divisions que nous retiendrons seront celles que l'histoire choisira. On assiste parfois, ces dernières années, à des modes fugitives qui montent au pinacle des théories qui disparaissent quelques mois plus tard.

En allant des théories les moins opposées aux plus opposées à l'approche keynésienne, on trouve notamment :

### 1. La théorie des déséquilibres, appelée aussi la contre-révolution keynésienne [1].

Elle cherche ouvertement à intégrer Keynes dans une perspective néo-classique. Certains parlent des fondements micro-économiques de la macro-économie.

La théorie des déséquilibres a été préparée par des hommes comme Wicksell ou Samuelson. Les néo-wickselliens sont, à leur manière, des théoriciens du déséquilibre sans le savoir. Les principaux tenants de cette théorie sont R. Clower, A. Leijonhufvud, J.-P. Benassy, auxquels on peut adjoindre E. Malinvaud, le Japonais Michio Morishima et le Hongrois Janos Kornai (*Anti-Equilibrium*, 1971).

C'est en quelque sorte Walras, moins J.-B. Say, plus Keynes. Comme le fait remarquer Grossman, l'un des théoriciens de ce courant, une grande partie des économistes de la nouvelle génération n'a jamais connu Keynes que par les vulgarisations néo-classiques de Hicks et de Samuelson. En fait, la théorie du déséquilibre est souvent un pur produit de l'enseignement universitaire. Ils représentent sans doute un des courants théoriques les plus importants du néo-classicisme

1. Cf. I, p. 125 et s.

contemporain. Pourra-t-on déboucher sur une pratique économique moins keynésienne et plus efficace ? Le doute est permis. Mais c'est sans doute une révolution théorique, qui déprécie, peut-être définitivement, le néo-classicisme traditionnel. En politique économique, on peut se demander si les gouvernements ne l'avaient pas mise en œuvre dans le trop célèbre *stop and go* (coups d'accordéon).

**2. Les monétaristes représentent un autre type de combinaison entre Keynes et les néo-classiques.**

Leur tête de file est M. Friedman, et son principal bastion se situe dans l'École de Chicago [1].

Les monétaristes admettent l'action à court terme de la monnaie sur l'économie réelle, mais lui refusent un rôle à moyen et long terme. C'est J.-B. Say, plus Keynes. A la suite de M. Friedman, qui a souvent défendu des thèses extrémistes dans la tradition de l'École de Chicago, leur influence sur la politique économique a été considérable, depuis le milieu des années soixante. Les résultats de l'application de leurs thèses n'ont pas été aussi positifs qu'on l'espérait. Les monétaristes se défendent en disant que l'on a trop mélangé leurs prescriptions à des éléments hétérogènes au monétarisme. En tout cas, ils ont contribué à la renaissance du libéralisme des années soixante-dix.

Il faudrait cependant éviter de confondre le monétarisme et l'École de Chicago de Friedman. Il existe bien des variétés de monétarismes. A côté de celui des friedmaniens, il y a d'abord celui de Hayek et de son École autrichienne [2]. Pour Hayek, Friedman est beaucoup trop macro-économiste. Afin de comprendre ce qui se passe réellement, il faut, au contraire, voir comment chaque secteur réagit. Liant son monétarisme à

---

1. Cf. I, p. 91 et s, 120 et 121, 134 et 135.
2. Notons que Hayek quitta l'Autriche pour enseigner en Angleterre. Ce n'est que tardivement qu'il revint sur le continent pour s'installer à Fribourg.

sa théorie de la déformation des structures productives, Hayek aboutit à un refus beucoup plus strict de l'expansion monétaire. Il se prononce contre les taux de change flexibles et pour une diminution brutale de la masse monétaire.

D'autres auteurs donnent une part plus grande aux anticipations rationnelles (Th. J. Sargent, N. Wallace, R.E. Lucas, notamment [1]). D'autres sont plus proches des post-keynésiens ou se confondent avec eux (notamment H.J. Johnson, qui montre l'importance de l'internationalisation des problèmes monétaires) et se prononcent pour un taux de change flottant (K. Brunner et L.A. Metzler, qui mettent l'accent sur le rôle des dépenses budgétaires, S. Fischer et E. Phelps qui, comme les keynésiens, admettent une très forte rigidité des salaires). En tout cas, on voit aujourd'hui, aux États-Unis, se développer un monétarisme qui cherche à affiner les instruments et les indicateurs d'une politique économique. Les recherches actuelles portent sur l'hypothèse du taux de chômage naturel [2], la crédibilité des politiques de stabilisation, les instruments du contrôle monétaire et la mise au point de modèles de plus en plus sophistiqués. C'est sans nul doute le monétarisme qui, dans le renouveau néo-classique, pousse le plus loin la liaison entre la théorie et la pratique.

### 3. Les théoriciens de l'économie publique.

On distingue, d'une part, ceux qui s'attaquent principalement au délicat problème posé par le *Welfare State* (politique sociale) et, d'autre part, ceux qui s'intéressent au problème de l'offre et de la demande de biens collectifs (École des choix publics ou Analyse de la bureaucratie).

Aujourd'hui, les transferts sociaux, et plus généralement la redistribution, semblent atteindre une limite à ne pas dépas-

---

1. Mais aujourd'hui, ces deux derniers se détachent du monétarisme, cf. p. 88.
2. Chômage naturel (croissant) : cette hypothèse s'applique à l'actualisation de la courbe de Phillips.

ser. Les économistes des choix publics ne cherchent pas à supprimer les transferts (comme le proposent certains monétaristes extrémistes ou certains théoriciens de l'offre) ; ils veulent établir une méthode de choix qui optimiserait l'efficacité de ces transferts. C'est Pareto, plus Keynes ! Malheureusement, on connaît les déficiences de l'économie de bien-être. Aussi, les théoriciens de l'économie publique s'orientent-ils plus ouvertement vers une optique normative et ont-ils évolué vers une recherche sur la manière dont se font les choix publics.

Le Britannique D. Mueller *(Public Choice)* et le Suisse B. Frey *(Modern Political Economy*, publié en 1978) ont certainement présenté, ces dernières années, les synthèses les plus significatives de cette recherche.

Aux États-Unis (École de Virginie), ce courant a parfois un relent plus néo-conservateur et se rapproche de ceux qui étudient le rôle des groupes de pression et le caractère cyclique des votes électoraux (nous rejoignons ici la tradition des institutionnalistes américains).

Gordon Tullock (*le Marché politique*, 1978), James Buchanan (prix Nobel 1985) sont les représentatifs de ce mouvement. En France, les choix publics ont intéressé un grand nombre d'économistes qui se sont penchés sur les problèmes de rationalisation des choix budgétaires (RCB). Citons tout de même Jean Bénard qui a publié une synthèse pédagogique des travaux de théorie micro-économique consacré aux choix publics et au marché politique (*Économie publique*, 1985). L'analyse des incitations et la théorie de l'information avec Jean-Jacques Lafont constituent actuellement les nouvelles voies de recherche de ce courant d'économie publique à orientation mathématique.

### 4. La nouvelle École classique.

Tout en reprenant certains éléments des théories du déséquilibre, la nouvelle École classique, qui s'est développée à partir de la fin des années soixante-dix, ne cherche plus à intégrer Keynes. On parle aussi d'*École de Minneapolis*.

Ses leaders : R.E. Lucas, T.J. Sargent et N. Wallace, veulent trouver les fondements micro-économiques de la macro-économie, mais la nouvelle économie à laquelle ils aspirent n'a plus beaucoup de rapports avec celle de Keynes.

Leurs postulats de base sont, d'une part la capacité des agents économiques à optimiser et à anticiper rationnellement, d'autre part l'équilibre des marchés (certains auteurs sont, à ce propos, plus circonspects, mais si l'on veut établir un modèle, il faut bien un système clos d'interactions).

Ce n'est pourtant pas un retour pur et simple au néo-classicisme. En effet, la nouvelle École classique veut construire des modèles macro-économiques d'aide à la déci-sion. Elle a donc besoin d'invariants et d'enchaînements, qui la rapprochent plus des classiques que des néo-classiques. C'est Walras et Pareto, auxquels s'ajoutent les enchaînements classiques qui permettent de fonder une dynamique.

L'intérêt de ce nouveau courant, c'est qu'il joint à la volonté de rigueur théorique la recherche d'une nouvelle économétrie. Celle-ci se fonderait essentiellement sur les comportements rationnels des agents et leurs conséquences sur un certain nombre d'indices et de données. On parle, à ce propos, de modèle structurel (recherché aussi par certains hérétiques « à la Schumpeter »).

Nous sommes ici dans l'exploration d'une nouvelle voie. La volonté de mettre au point des instruments d'aide à la décision peut amener cette recherche théorique vers un empirisme qui remplacera les affirmations théoriques brutales.

### 5. Économie de l'offre et individualisme méthodologique.

Ces économistes rejettent ou ignorent Keynes. On connaît le récent succès d'audience des théories de l'offre *(supply)*. Le « reaganisme » en avait fait un de ses chevaux de bataille électorale. Le succès politique n'a pas été à la mesure des espérances, et M. Reagan a dû faire brutalement machine arrière durant l'été 1982. Il est vrai que les extrémistes de l'économie de l'offre ont eu tôt fait de dire que l'échec venait de la timidité des premières mesures prises. Quoi qu'il en soit, ce courant, qui n'a peut-être pas fini de faire parler de lui, est principalement représenté par Arthur Laffer, Bruce Barlett et G. Gilder (dont l'ouvrage *Richesse et Pauvreté* a été publié en français en 1981).

En forçant un peu, on pourrait dire que la formule des théoriciens de l'offre est : « J.-B. Say, rien que J.-B. Say ! » L'orientation est ici nettement conservatrice et rejoint certains aspects du courant, beaucoup plus complexe et légèrement plus ancien, des *nouveaux économistes français*. Certains des théoriciens de ce courant veulent faire ouvertement une apologie du capitalisme (Lepage dans *l'Avenir du capitalisme*), tandis que d'autres veulent essentiellement réhabiliter la micro-économie et orienter la science économique vers une science positive des choix dans l'allocation des ressources rares (c'est la tendance affirmée par l'ouvrage *l'Économie retrouvée*, publiée en 1977, sous la direction de J.-J. Rosa et Florin Aftalion).

Ces principales tendances ne résument que très imparfaitement la floraison de recherches. Celle des nouveaux néoclassiques est d'autant plus envahissante qu'en faisant de la science économique la science des choix dans l'allocation des ressources rares, on en fait une science sans limites. A terme, cela risque d'en faire, paradoxalement, une science sans objet. Cette conception de l'économie comme méthode de choix rationnel de l'individu (individualisme méthodologique) s'est particulièrement épanouie avec la théorie du capital humain de Gary S. Becker qui reprend la vieille idée de Adam Smith selon laquelle l'éducation et la formation sont des investissements en capital humain. Georges Stigler, Th. W. Schultz (prix Nobel 1979), Milton Friedman et de nombreux autres économistes ont approfondi ou appliqué cette théorie. En France l'option pour l'individualisme méthodologique est surtout exprimée par la sociologue Raymond Boudon.

## 6. Les théories néoclassiques de la croissance.

L'école de Chicago qui a vu se développer le monétarisme friedmanien, la théorie du capital humain de Becker fut aussi le lieu en 1928 où Ch. W. Cobb et P. H. Douglas conçurent la fonction de Production à deux facteurs substituables. Cette fonction Cobb-Douglas donnera naissance à un grand nombre de modèles néoclassiques de croissance. En 1941, Tinbergen introduira, en plus du travail et du capital retenus dans la fonction initiale, le progrès technique. Ce tiers facteur ou facteur résiduel dans les travaux de Denison et de Carré-Dubois-Malinvaud apparaît comme plus déterminant que les deux autres pour expliquer la croissance économique des pays industrialisés. Ce facteur résiduel comprend le progrès technique au sens strict, les économies d'échelle, la formation, la santé publique dans le capital. Robert Solow construit ainsi une fonction de production à génération de capital : plus le capital est ancien moins il est productif.

Comme le fait remarquer B. Rosier (*Croissance et Crise capitalistes*) : « une des constantes de la pensée néo-classique est une optique normative centrée sur la recherche de moyens propres à retrouver le " paradis perdu " d'un optimum concurrentiel ». Pour Phelps (1962), ce paradis perdu peut être retrouvé par application de la *règle d'or* : « il existe un taux d'épargne qui permet d'atteindre un niveau maximum de la consommation par tête ; ce taux est celui qui fait tendre le taux d'intérêt vers le taux de croissance ». Signalons que les premiers modèles de croissance optimale ont été ceux de Ramsey (1928) et J. von Neuman (1931). L'idée des modèles de croissance optimale sera reprise par les économistes marxistes (voir p. 149).

### CHAPITRE 3

# Socialismes, marxismes
# et marxiens

L'œuvre de Karl Marx constitue *la base* — selon ses propres termes — d'un *socialisme scientifique,* par opposition aux différents *socialismes idéalistes* qui ont précédé sa critique de l'économie politique.

Les critiques que Marx formule à l'égard des auteurs et des systèmes socialistes idéalistes ou romantiques, ou encore réformistes, ne l'empêchent pas de subir leur influence. Il faut également noter que les projets de société socialiste ne s'arrêtent pas à Marx, qui, d'ailleurs, est peu loquace dans ce domaine.

*Le courant socialiste s'enracine très loin dans l'histoire.* Il lie l'analyse économique et l'analyse politique à la volonté d'une transformation de la société qui rendrait les hommes plus solidaires. Ce projet donna lieu à bien des utopies et des expériences. Marx l'accompagne d'une tentative d'explication de l'histoire et du développement des sociétés. Le socialisme scientifique devient la théorie qui fonde l'action révolutionnaire et en garantit l'efficacité. On retrouve cependant chez Marx la grande constante de la pensée socialiste, qui unit explicitement philosophie et science, économique et politique, analyse économique et projet politique.

Lorsqu'on expose le déploiement des élaborations économiques qui se rapprochent du courant socialiste, il n'est donc pas aisé de faire le départ entre philosophies, doctrines politiques et théories économiques. Le marxisme, en se voulant science totale, n'a fait que renforcer la difficulté.

Depuis 1917, le socialisme est, en outre, devenu une forme concrète d'organisation des sociétés et de leur économie. De la théorie, on est passé à la mise en pratique. La théorie révolutionnaire a dû prendre en compte les contraintes économiques. L'espérance des uns s'est souvent mêlée à la désespérance des autres.

Les pays dits « du socialisme réel » doivent autant, sinon plus, à Lénine, qui donne au marxisme une dimension stratégique, qu'à Marx lui-même.

## 1. Les socialismes avant K. Marx

Les auteurs qui ont pu — directement ou indirectement — influencer K. Marx sont nombreux. Il suffit, pour s'en rendre compte, de feuilleter l'index des auteurs cités à la fin de ses *Œuvres économiques* (Bibliothèque de la Pléiade). Il ne sera pas question, ici, de rappeler l'importance de Smith, Ricardo ou Malthus, qui sont étudiés par ailleurs. Nous nous limiterons, dans cette section, aux seuls auteurs socialistes qui ont tenté, soit de décrire la cité idéale, soit de proposer des mesures destinées à réduire la misère de manière volontaire.

Pour ce faire, nous suivrons le plan correspondant au découpage traditionnel des différents socialismes et communismes, assez proche d'un plan historique :
— le communisme et le socialisme dans l'Antiquité ;
— le socialisme et les religions monothéistes ;
— le socialisme idéaliste profane ;
— le socialisme associationniste ;
— le socialisme d'État, ou socialisme réformiste.
Nous noterons que le mot « socialisme » ne date que du

# LES ORIGINES DU SOCIALISME ET DU MARXISME

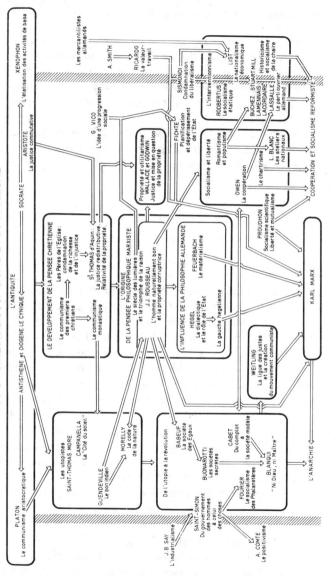

XIXᵉ siècle. La treizième édition du volumineux *Dictionnaire national universel de la langue française*, en 1873, ne le connaissait pas encore, alors qu'il définit « socialiser : action de mettre en commun ».

## 1. Le communisme, le socialisme d'État et le réformisme sous l'Antiquité grecque et romaine.

Le premier auteur qu'il convient à nouveau de citer est Xénophon (430-355 av. J.-C.), père du socialisme d'État. Dans *les Revenus de l'Attique*, écrit pour résoudre la crise financière que traverse Athènes, il propose l'étatisation d'un certain nombre d'activités : mines, commerce, flotte.

Le père du communisme est, historiquement, Antisthène (444-365 av. J.-C.), philosophe grec, disciple, comme Xénophon, de Socrate, chef de l'École cynique ; son élève le plus célèbre est Diogène, « le Cynique » (413-327 av. J.-C.) (à ne pas confondre avec Diogène Laërce dit « le Stoïcien »).

Antisthène et Diogène méprisent la richesse et les conventions sociales. Ils placent au plus haut niveau la vertu. Leur système communiste se rapproche de celui que Platon (428-348 av. J.-C.) préconise dans *la République :* mise en commun de tous les biens, y compris les femmes et les enfants, sans remettre en cause... l'esclavage. C'est ce qu'on appelle le *communisme aristocratique*. Toutefois, dans *les Lois*, Platon propose un système plus accessible, ayant pour base l'égalitarisme, la famille monogamique dans une société stationnaire. La Cité ne doit avoir ni plus ni moins de 5 040 citoyens, qui seront tous agriculteurs, les autres métiers étant confiés à des étrangers. L'esclavage est maintenu. La détention d'or et d'argent est condamnée. Platon multiplie les détails organisationnels et administratifs. Dans tous ces détails, se profilent le moralisme et l'admiration pour Sparte, qui a su mieux préserver les vertus cardinales que ne l'a fait Athènes.

On retrouvera, chez les marxistes, l'idée fondamentale que ce ne sont pas les lois naturelles qui dictent les comportements politiques : *l'homme peut construire de lui-même et consciemment la Cité pour retrouver l'âge d'or perdu.*

Aristote (384-322 av. J.-C.) s'oppose à Platon sur bien des points, mais le plus important est celui de la notion d'égalité. Aristote est pour la *justice distributive.* L'égalité n'est pas réalisée quand on donne à tous la même quantité, alors que les individus ont des mérites inégaux. Il faut, dit-il, donner plus à celui qui a le plus grand mérite ; mais, malheureusement, il n'y a pas de critère absolu du mérite. Il appartient à chaque société d'en définir un.

L'Égalité au sens de Platon doit, en revanche, être maintenue dans les échanges ou contrats : c'est la *justice commutative.* Le critère est soit la quantité de travail, soit l'utilité ou « le besoin que nous avons les uns des autres » *(Politique).*

Toutefois, *Aristote nie la possibilité d'échapper aux lois naturelles,* même s'il admet que certains maux de la société peuvent être guéris.

Même si elle n'est pas aussi révolutionnaire que celle de Platon, *la République* de Zénon (336-264 av. J.-C.), fondateur du stoïcisme, envisage un monde sans États distincts. Son disciple, Iambulos, parle d'« une île sans propriété privée et sans classes sociales ».

Rome a organisé le monde, mais lui a peu donné de philosophes, et surtout de philosophes « socialisants ». L'utopie n'a jamais fait bon ménage avec le réalisme romain.

## 2. Socialisme et religions monothéistes.

Si nous abandonnons les auteurs profanes pour nous intéresser aux livres sacrés, un travail exégétique pour dégager les tendances socialisantes risque d'être scientifiquement fragile, car, derrière la loi générale, il y a toujours place pour des affirmations et leur contraire, lorsque le dogme n'est pas en cause. Cependant, divers auteurs ont vu du socialisme dans le Pentateuque (ou Torah), dans les Évangiles et dans le Coran.

Il n'en reste pas moins que *la philosophie générale des religions monothéistes, c'est l'égalité des hommes devant Dieu.*

### A) *Les Pères de l'Église.*

Les Pères de l'Église des IIᵉ et IVᵉ siècles prennent surtout parti contre l'injustice sociale, à l'image de saint Cyprien (210-258), évêque de Carthage, de saint Basile (329-379), l'un des fondateurs du monachisme — qui est finalement une forme de communisme aux dimensions restreintes —, de saint Jean Chrysostome (344-407), qui, en plus de l'aspect moral, donne au communisme une justification économique : « La division est une cause d'appauvrissement, la concorde et l'union des volontés, une cause de richesse. »

### B) *Saint Thomas d'Aquin : le bien commun et la doctrine sociale de l'Église.*

Saint Thomas d'Aquin est le véritable fondateur de la doctrine sociale de l'Église centrée sur le bien commun. Il part de la sociologie aristotélicienne, selon laquelle « la société est supérieure à l'individu, comme le tout est supérieur aux parties ».

Dans la *Somme théologique,* il s'en tient encore à Aristote : le chef doit assurer la justice distributive, tandis que la justice commutative doit être respectée dans les contrats ou échanges. La justice distributive n'a toujours pas de critère absolu. *Saint Thomas opte pour la propriété privée, car ce qui appartient à tous n'appartient à personne.* Toutefois, l'homme ne doit pas posséder ses biens comme s'ils lui étaient propres, mais comme étant à tous. En ce sens, il doit être tout disposé à en faire part aux « nécessiteux », et « se servir d'un bien d'autrui que l'on a dérobé dans un cas d'extrême nécessité n'est pas un vol à proprement parler » *(Somme théologique)*.

De tels propos, et beaucoup d'autres, ont conduit à l'interdiction momentanée de l'ouvrage. Les conceptions thomistes triompheront cependant. Plusieurs siècles plus tard, les encycliques *Rerum Novarum* (Léon XIII, 1891), *Quadragesimo Anno* (Pie XI, 1931) et *Mater et Magistra* (Jean XXIII, 1961) les reprendront [1].

### C) *Le communisme de l'Utopie et de la Cité du soleil.*

Deux siècles après saint Thomas d'Aquin, dans le mercantilisme naissant, le communisme et la religion sont de nouveau réunis avec les œuvres de Thomas More et de Campanella, qui se sont inspirés de la *République* de Platon. Fénelon (1651-1715), dans *l'Ile de Solente* et l'abbé Meslier (1664-1729) ont, eux aussi, décrit des sociétés idéales.

*a) Saint Thomas More, ou Morus (1478-1535)*, grand chancelier d'Angleterre sous Henri VIII, est l'auteur de l'*Utopie* [2]. L'importance de ce livre est telle, que ce nom propre est devenu un mot commun désignant aussi bien une conception imaginaire d'un gouvernement idéal qu'un système ou projet qui paraît irréalisable (selon le *Dictionnaire* Larousse). Socialisme idéaliste et socialisme utopique sont souvent synonymes et s'opposent au socialisme scientifique.

Le succès du mot « utopie » tient aux thèses de l'ouvrage. La première partie est à la fois un traité de criminologie (le brigandage s'explique par les structures économiques et socia-

---

1. Cf. p. 109.
2. En fait, c'est le titre raccourci de *Libellus vere aureus nec minus salutaris quam festivus de optimo reipublicae statu deque nova insula Utopia* (Utopia vient de *u :* sans ; et *topia :* lieu).

les), un traité du comportement des oligopoles et des monopoles (raréfaction volontaire des produits pour en faire monter
les prix) et un traité des sciences politiques (dénonciation de
l'absolutisme, des conquêtes, des guerres, etc.). Elle se
termine par la condamnation de l'argent, qui est le responsable
général : « Là où l'on mesure toutes choses d'après l'argent, il
est à peu près impossible que la justice et la prospérité règnent
dans la chose publique... le seul et unique chemin vers le salut
public, à savoir l'égalité, est la disparition totale de la
propriété. »

Dans la seconde partie, saint Thomas More indique comment s'organiserait une société sans propriété, avec maintien
de la famille: travail manuel pour tous, abolition des classes
sociales. Il termine par la présentation des avantages de son
système, en retournant l'argument de saint Thomas d'Aquin
en faveur de la propriété privée : « Partout ailleurs, ceux qui
parlent d'intérêt général ne songent qu'à leur intérêt personnel ; tandis que là où l'on ne possède rien en propre, tout le
monde s'occupe sérieusement de la chose publique, puisque le
bien particulier se confond réellement avec le bien général. »

*b) Tommaso Giovanni Campanella (1568-1639)* est un
moine dominicain calabrais, qui passa plus de vingt-sept ans de
sa vie en prison pour ses écrits hérétiques ou pour son
activisme politique. C'est en prison qu'il écrit *la Cité du soleil*,
dans laquelle il imagine, d'une manière moins précise que
Thomas More, une société communiste sans famille, sans
monnaie et sans propriété privée. Le fondement de ce communisme est l'amour (de Dieu et de soi), qui existe dans la nature.
Il faut faire confiance à la nature et à sa composante :
l'amour.

### 3. Les socialismes idéalistes laïcs.

Parallèlement aux clercs, des auteurs laïcs ont, soit imaginé des cités idéales, soit envisagé la nécessité de réformer les structures économiques, politiques et sociales, pour mettre fin à la misère.

En Angleterre on peut citer Chamberlin (*l'Avocat des pauvres,* 1649), G. Winstaley (*la Loi de la liberté sous forme de programme,* 1652), Harrington (*Oceana,* 1656), John Bellers, qui propose de construire des collèges industriels pour former les travailleurs et supprimer la misère, et surtout William Godwin, qui sera la cible de Malthus (*Essai sur la justice politique et son influence sur la moralité et le bonheur,* 1793).

En France, Rabelais exprime quelques tendances anarchistes avec le passage de l'abbaye de Thélème et sa devise : « Fais ce que voudras. » Cyrano de Bergerac va plus loin dans l'utopie avec son *Voyage dans la lune.* D'autres auteurs préconisent l'intervention de l'État (cf. les précurseurs de Keynes). Mais c'est aux XVIIIe et XIXe siècles que les socialistes ou communistes laïcs sont les plus nombreux : Nicolas Gendevillo croit à la supériorité de l'Indien sauvage sur l'Européen parce que l'Indien ne connaît pas la propriété privée (*Dialogue ou entretiens entre un sauvage et le baron de la Houtan,* 1705 [1]). Morelly, avec son *Code de la nature* (1755), systématise l'idée précédente. Cependant, contrairement à Rousseau, il pense que ce retour est impossible. François Noël, dit Gracchus Babeuf (1760-1797), qui a subi l'influence de Morelly, n'admet pas ce pessimisme. Fondateur de la « Société des Égaux », du communisme matérialiste et de la théorie de la lutte des classes, Gracchus Babeuf croit à la possibilité de changer l'ordre des choses. Il faut simplement conquérir le pouvoir. Sa

---

1. C'est une réécriture de l'ouvrage de La Houtan publié en 1703 sous le titre : *Dialogue curieux entre l'auteur et un sauvage de bon sens qui a voyagé.*

stratégie dans ce domaine en fait un précurseur de Lénine. Parti du conservatisme, il devint un révolutionnaire extrémiste. Sous le Directoire, sa « conjuration des Égaux » échoua ; il fut condamné à mort et préféra se poignarder. Le babouvisme eut de nombreux adeptes, parmi lesquels on citera Buonarotti, inspirateur du carbonarisme, visant à la réunification de l'Italie. Le futur Louis Napoléon Bonaparte fut, un moment, très lié à ce mouvement babouviste, et on retrouve chez l'Empereur certaines idées sociales du conjuré. C'est Napoléon III qui légalisa la grève et finança, sur ses fonds secrets, l'envoi d'une délégation française à la réunion de la première Internationale à Londres.

L'influence de Babeuf sur les sociétés secrètes du XIXe siècle sera considérable. On la ressent notamment, *via* Buonarotti, chez Auguste Blanqui (1805-1881) [1], éternel comploteur, qui passa une grande partie de sa vie en prison. Alors qu'il avait déjà été arrêté, ses partisans jouèrent un grand rôle dans la Commune. Libéré en 1880, à cause de son grand âge, il fonde un journal : *Ni Dieu ni maître*. Sa principale œuvre, *la Critique sociale* (1885), est posthume. On y retrouve l'influence d'un autre utopiste, comploteur et banni, E. Cabet (1788-1856). Beaucoup plus utopiste que révolutionnaire, ayant subi lors d'un exil en Angleterre l'influence d'Owen, Cabet tenta, sans succès, de réaliser son projet de cité idéale dans le Texas, puis dans l'Illinois.

Une place à part doit être réservée à deux hommes : Jean-Jacques Rousseau et Saint-Simon, dont les idées sont à la fois originales, et surtout plus fondamentales.

*a) Jean-Jacques Rousseau (1712-1778),* philosophe et écrivain, est aussi l'auteur de l'article « Économie politique » de l'*Encyclopédie* de Diderot et d'Alembert. Il est sans doute le premier à poser clairement le *principe de l'autonomie de la science économique,* qui régit la société civile, par rapport à la

1. A ne pas confondre avec son frère Adolphe, économiste libéral de la tendance de J.-B. Say.

science politique, ou science de l'État. Cette séparation est fondamentale dans la logique de l'élaboration du socialisme rousseauiste.

Après avoir distingué, avant Hegel, la société civile et l'État, ou encore le bourgeois — c'est-à-dire l'homme privé subvenant à ses besoins — et le citoyen, Rousseau analyse les rapports entre ces deux pôles. Il conclut que l'homme est naturellement bon, mais que la société l'a corrompu (*Discours sur les sciences et les arts, Discours sur l'origine et le fondement de l'inégalité parmi les hommes*). La recherche de la richesse aboutit à la misère du plus grand nombre et à l'aliénation des riches eux-mêmes. Ce comportement ne peut pas être attribué à la prétendue loi naturelle de la société des physiocrates et de Diderot.

En changeant les institutions, qui n'ont rien de naturel, on changera l'homme. Rousseau propose alors un retour à la nature, il préconise la reconstitution des petites communautés anciennes d'où la bourgeoisie et la division sociale du travail sont absentes. Par un *Contrat social* (titre de l'ouvrage fondamental de Rousseau en science politique), l'individu consent à la dissolution de l'homme privé dans le citoyen, ou encore à son « aliénation, avec tous ses droits, à toute la communauté ». Exprimant la même distinction que Rousseau entre société civile et État, Hegel débouche sur une doctrine différente. Pour lui, l'opposition entre le bourgeois et le citoyen ne pourra pas disparaître, mais seulement être atténuée par l'intervention de l'État. Cette intervention est nécessaire pour éviter les tensions.

Karl Marx, qui a beaucoup lu Rousseau, même s'il le cite très peu, reprend lui aussi la thèse du conflit, qu'il situe entre les classes sociales, mais on sait que, chez lui, l'État n'est que le représentant de la classe dominante ; ses conclusions sont plus révolutionnaires que celles de Hegel et plus progressistes que celles de Rousseau. Il croit à la réconciliation de l'homme privé et du citoyen. Elle se réalisera par la disparition de la propriété privée et le dépérissement de l'État, après un processus de développement des forces productives, et non par un retour en arrière, comme dans la doctrine de Rousseau. *Marx a hérité de l'industrialisme.*

*b) Claude Henri de Rouvroy, comte de Saint-Simon (1760-1825).* Il aimait à dire qu'il était « le dernier des gentilshommes et le premier des socialistes ». Il descendait effectivement, de la famille du duc de Saint-Simon, le mémorialiste célèbre. Son système socialiste s'inscrit dans la tradition des utopistes. En cela, il n'est pas le premier des socialistes, mais seulement le premier des saint-simoniens, remarque qui ne vise pas à réduire l'importance de sa doctrine, qu'il exprime principalement dans le *Catéchisme des industriels* (1823) et *le Nouveau Christianisme* (1824). Il rédige plusieurs articles avec Augustin Thierry et le jeune Auguste Comte [1], qu'il prend comme secrétaire.

Sa doctrine a plusieurs bases : l'industrialisme, que Saint-Simon découvre en lisant J.-B. Say, le progressisme de Condorcet, le conservatisme du vicomte de Bonald.

L'industrialisme — mot que Saint-Simon invente pour désigner son système — et le progressisme se manifestent par l'importance qu'il accorde au travail et à son organisation. Le travail est obligatoire et doit être organisé en vue d'améliorer « l'existence morale et physique de la classe la plus faible ». L'administration des choses doit remplacer l'administration des personnes, formule que reprendra Engels. L'État doit laisser l'industrie s'organiser par elle-même. Cela implique le transfert des pouvoirs politiques entre les mains des producteurs (industriels, ingénieurs, agriculteurs, banquiers), car il ne faut pas reproduire l'anarchie libérale et ses crises périodiques. Les producteurs doivent être des organisateurs. Par cet aspect, Saint-Simon peut être considéré, avec Fichte, comme l'un des précurseurs de la planification socialiste.

1. Cf. p. 171 et 172.

Du conservatisme, il garde le principe de la propriété privée, mais elle est attribuée selon les capacités. L'héritage est supprimé. Dans le domaine de la répartition des revenus, la combinaison du conservatisme et de l'industrialisme donne la formule : « De chacun selon ses capacités, à chacun selon ses œuvres. »

Le socialisme industrialiste ou technocratique de Saint-Simon, malgré son fond utopique, laissera des traces dans le monde par l'activité des saint-simoniens réalistes comme les banquiers Laffitte et les frères Pereire, l'ingénieur Ferdinand de Lesseps ou le ministre économiste Michel Chevalier. Mais il y aura aussi un groupe de disciples plus utopistes que Saint Simon, tels que Bazard et Enfantin, qui feront du saint-simonisme une véritable secte religieuse, qui se dispersera ensuite, en 1833. Plus près de nous, on peut voir dans Saint-Simon un inspirateur de la technocratie et de certains anciens élèves de l'École nationale d'administration (les énarques).

### 4. Les socialismes associationnistes.

Le socialisme idéaliste s'arrête au saint-simonisme, le socialisme associationniste prend la relève, avec Charles Fourier, P.J. Proudhon, Robert Owen, Louis Blanc. Leur doctrine, qui donne lieu à des expériences, se propage dans le monde. Le mouvement coopératif que nous connaissons de nos jours en est le résultat.

*A) Charles Fourier (1772-1837)* condamne le système capitaliste et propose de substituer au capitalisme l'association libre, au sein d'une communauté — le phalanstère —, dont le principe est de ne pas entraver la nature humaine. Le socialisme naturaliste n'est pourtant pas un socialisme égalitariste. Pour avoir un revenu, il faut travailler ou avoir un capital. Une partie du revenu sert à rémunérer le talent, en plus du travail et du capital.

Les disciples de Fourier tentent, après la mort du maître, de propager ses idées et de créer des phalanstères. Les plus importants sont Victor Considérant (1808-1893), l'infatigable vulgarisateur, et Godin, qui crée le « familistère de Guise », en 1859, sur le modèle des phalanstères. Le familistère se transformera, en 1880, en une simple coopérative de production. En 1968, les idées de Fourier connaîtront un regain de faveur sur les campus.

*B) Robert Owen (1771-1858)*, comme Fourier, ne réclame pas la révolution pour instaurer son système, mais il ne partage pas son naturalisme et sa condamnation de la ville. Il est pour le progrès.

« Pour qu'une société prospère, dans l'intérêt et le bonheur de tous, l'union et la coopération mutuelles sont plus avantageuses que la recherche de l'intérêt individuel », écrit-il. Il tenta de le prouver et d'en convaincre Ricardo, en créant lui-même des coopératives, mais ses associés lui retirèrent leur confiance, et l'entreprise disparut.

Après une réflexion qui le conduit à envisager l'appropriation collective des moyens de production (*Une nouvelle mue de la société*, 1815) et, après son échec en Grande-Bretagne, il part aux États-Unis. Il y fonde la colonie « Nouvelle Harmonie » qui, rapidement, fait faillite. Il reprend son combat, mais en quittant les coopératives de production pour celles de consommation. Après un vif succès, le système se brise à son tour. A partir de ses échecs, Owen réfléchit sur le rôle de la monnaie et conclut qu'il faut la remplacer par des bons de travail. En 1844, la première expérience viable inspirée des idées d'Owen apparaît avec la coopérative de consommation des « Équitables Pionniers de Rochdale ».

A partir de cette date, le mouvement coopératif se développe dans le monde. Un renouveau théorique est lancé, en France, par Charles Gide (1847-1932), Bernard Lavergne (1890-1978), Georges Lasserre et Henri Desroche. La doctrine coopérative devient même une matière officielle dans l'enseignement secondaire agricole, en France, sous le titre d'« Action en commun des agriculteurs ». Ailleurs, la coopérative de production rencontre toujours des difficultés de fonctionnement, tandis que les coopératives de consommation et de services semblent pouvoir survivre, tant au sein du capitalisme que du socialisme réel, dans lequel elles sont condamnées à disparaître, comme institutions transitoires entre le capitalisme et le communisme.

Avant ce renouveau théorique, en France, Louis Blanc (1811-1882) et Philippe Buchez tentent de donner des fondements plus solides aux associations ouvrières de production. Les événements de 1848 donnent à Louis Blanc l'occasion de créer des « Ateliers nationaux » et de tester son modèle. Le contexte de crise politique et économique fausse l'expérience, qui échoue.

L'influence d'Owen ne se limite pas aux mouvements coopératifs. Il a aussi promu le « philanthropisme patronal », et surtout l'interventionnisme public. Il chercha vainement à faire interdire le travail des enfants. Si, personnellement, il méprise l'action politique, certains de ses disciples sont à l'origine du *chartisme* (1838) qui, au contraire, n'a que des revendications politiques. C'est le premier mouvement ouvrier mû par une idéologie de classe.

*C) Pierre Joseph Proudhon (1809-1865).* Fils d'un tonnelier et d'une cuisinière, Proudhon est l'homme aux multiples visages. Berger, typographe, boursier, il parvint à faire des études. Il est contre le capitalisme, la propriété privée et son droit d'aubaine : « La propriété, c'est le vol », écrit-il dans

*Qu'est-ce que la propriété ?*, tant apprécié de Karl Marx. Or, on associe généralement capitalisme à liberté. Pour sortir de la contradiction, il propose de remplacer la propriété par la possession personnelle familiale et héréditaire. Il rejette l'intérêt et propose le crédit gratuit [1]. Condamnant le capitalisme, il est aussi sans pitié pour le socialisme, dont les doctrinaires sont des charlatans, et pour le communisme, qui est « synonyme de nihilisme, d'indivision, d'immobilité, de nuit, de silence ». Comme Mill, il entrevoit les risques de totalitarisme de la pensée marxiste.

Il propose, en remplacement du capitalisme, du socialisme et du communisme, *l'égalité dans l'échange, c'est-à-dire, la justice commutative d'Aristote*. Pour réaliser cette égalité de l'échange, notamment le juste salaire, il n'y a rien de mieux que la libre concurrence (*De la capacité des classes ouvrières*, ouvrage posthume). Marx, qui le qualifie de « petit-bourgeois », lui doit pourtant beaucoup de ses idées. Pour reprendre les mots de Maximilien Rubel : « Comme Hegel, il (Proudhon) a exercé sur Marx une influence constante, faite d'attractions et de répulsions. »

A la fin de sa vie, l'anarchisme de Proudhon se modère par l'acceptation de l'État et des associations. Il devient l'un des premiers théoriciens du mutualisme et du fédéralisme. Il est le créateur de l'expression « démocratie industrielle ». Celle-ci désigne, dans l'esprit de Proudhon, son système des organisations libres comportant les principes de la porte ouverte à l'entrée et à la sortie. Dans le sens moderne, la démocratie industrielle, synonyme de démocratie économique, fait l'objet d'un grand nombre d'acceptions, qui ont pour fonds commun l'idée de participation des travailleurs, soit à la gestion, soit à la décision.

1. Cf. p. 20.

**5. Le socialisme d'État, ou socialisme réformiste.**

La plupart des auteurs qui appartiennent à ce courant sont présentés ailleurs. Il s'agit de Sismondi, du Français Charles Brook Dupont-White (1807-1878), des Allemands Johann Karl Rodbertus (1805-1875) [1], et surtout Ferdinand Lassalle (1825-1864).

*A)* Ferdinand Lassalle est connu pour avoir énoncé la loi d'airain des salaires et pour avoir été à la base de la constitution du nouveau parti ouvrier allemand.

Dans son ouvrage *le Système des droits acquis,* il adopte la méthode dialectique appliquée à l'histoire. Il observe, comme les historicistes, que les systèmes changent, mais il précise qu'ils changent en relation avec l'esprit du peuple. Selon Lassalle, à son époque, l'esprit du peuple dicte l'institution d'un système démocratique et socialiste. Lassalle opte pour la conception hégélienne de l'État-arbitre, qui tempère les tensions. Le suffrage universel permettra à la classe ouvrière d'obtenir de l'État qu'il prenne en considération ses revendications. Lassalle donne ainsi les fondements de la social-démocratie, qui s'implantera dans les pays scandinaves dans les années trente, puis, plus tard, dans d'autres pays, en s'appuyant, pour la gestion de l'économie, sur l'École de Stockholm, puis sur l'économie de Keynes.

*B)* On rattache au courant du socialisme réformiste les socialistes anglais, dont nous avons déjà parlé : Sidney et Beatrice Webb, George Bernard Shaw, Hobson, etc. « Les

---

1. Cf. p. 19.

socialistes de la chaire » (cette expression désigne les professeurs d'Université [1] qui ont participé en grand nombre au congrès d'Eisenach, 1872) peuvent être classés dans le courant du socialisme d'État. Gustav Schmoller (1838-1917) et Adolphe Wagner, que nous étudions plus en détail dans le cadre de l'historicisme, en sont les principaux représentants.

*C)* Le socialisme chrétien a été promu par certains auteurs associationnistes comme Philippe Buchez (1796-1865), tandis que d'autres — tel Félicité Robert de Lamennais (1782-1854) — ont quelques tendances révolutionnaires.

Pour le père Lacordaire (1802-1861), le socialisme d'État ne fait aucun doute, lorsqu'il déclare, dans l'une de ses conférences à Notre-Dame de Paris : « Entre le riche et le pauvre, entre le fort et le faible, c'est la liberté qui opprime, et la loi qui affranchit. »

Frédéric Ozanam (1813-1853), plus tempéré, exprime une philosophie assez proche de celle du père Lacordaire, avec lequel il collabore.

Les encycliques sociales, *Rerum Novarum* (1891), *Quadragesimo Anno* (1931) et *Mater et Magistra* (1961), expriment à leur tour une doctrine plus sociale que socialiste et une critique réformiste du capitalisme plus qu'un socialisme réformiste. Elles sont contre le socialisme, mais pour la socialisation (Jean XXIII). La démocratie chrétienne, qui en est l'expression politique dans plusieurs pays européens, admet le principe de l'interventionnisme étatique pour atténuer les souffrances et les misères des ouvriers. Un grand nombre d'auteurs ont développé cette doctrine. Les principaux sont Léon Harmel, l'abbé Lemire, auquel revient l'initiative des jardins ouvriers, Marc Sangnier, fondateur du journal *le Sillon,* Albert de Mun.

1. Cf. p. 157.

Pourtant, si le christianisme social accepte la propriété privée, une lecture attentive des écrits de celui qui deviendra Léon XIII indique que l'analyse est faite parfois dans les mêmes termes que ceux qu'emploieront plus tard Ferdinand Lassalle et Karl Marx. Dès 1846, le futur Léon XIII dénonce la loi d'airain des salaires, selon laquelle « le loueur de force physique ignore le travailleur-machine, l'homme, et, dans la marchandise-travail, la sueur de l'homme, grâce à quoi celui-ci doit pouvoir gagner son pain et celui des siens ». Mais dans cette condamnation, il y avait peut-être plus d'anti-industrialisme que de socialisme.

Dans le protestantisme, le mot socialisme n'est pas tabou. L'Anglais F.D. Maurice déclare qu'il faut « socialiser le christianisme, ou christianiser le socialisme ». Thomas Carlyle (1795-1881), John Ruskin (1819-1900), André Philip (*la Démocratie industrielle, le Socialisme trahi,* etc.), Georges Lasserre sont les principaux représentants de ce courant.

## 2. Après Marx, marxistes et marxiens

Karl Marx, dont nous avons donné à la fois un résumé de la vie et les clés d'une interprétation de l'œuvre, a marqué profondément l'ensemble du courant socialiste. Après lui, le socialisme ne peut être analysé que par référence à sa pensée.

L'œuvre de Marx a été aussi l'objet, à la fois de vulgarisations, d'approfondissements, et, finalement, de réinterprétations souvent divergentes.

Nous n'analyserons pas les vulgarisateurs. Nous nous bornerons, à leur propos, à deux remarques :

— La première concerne F. Engels (1820-1895) [1]. L'ami, le fidèle, le mécène et le collaborateur direct de Marx, il a été le premier de ses vulgarisateurs. Ce fils de famille allemand, industriel à ses heures, vivant de ses rentes, a non seulement permis à Marx d'élaborer sa théorie et participé à cette élaboration ; il l'a également fait connaître. On lui doit la publication des Livres II et III du *Capital* dans la forme que nous leur connaissons. Or, Engels a su ordonner, simplifier, éclaircir, il a su aussi éviter ce qui lui paraissait trop balancé. C'est lui qui, pendant la dernière période de la vie d'un Marx presque cloîtré, est son porte-parole. Au total, il s'est livré à une reformulation qui a permis au marxisme de se répandre. Depuis, les vulgarisateurs ont poursuivi cette systématisation et cette simplification de la pensée de K. Marx. Certains, liés aux partis communistes et aux pays de l'Est, n'ont guère redouté l'apologie pure et simple.

— L'influence sociale des vulgarisateurs — c'est notre seconde remarque — est considérable. Elle a permis une diffusion d'un marxisme populaire qui est un phénomène social d'une ampleur sans précédent. Des masses énormes d'hommes ont plus ou moins adopté des grilles d'analyse de la réalité qui dérivent du marxisme. On ne peut comprendre le monde contemporain si on néglige cette situation.

Au-delà des vulgarisateurs, nous trouvons ceux qui ont transmis l'élaboration doctrinale et théorique. Il n'est pas aisé de les classer. On peut, cependant, tenter de les regrouper sous quatre grandes rubriques :

1. les doctrinaires de la révolution ;

2. les reformulations méthodologiques et théoriques ;

3. les analyses marxistes des problèmes économiques du capitalisme et de l'impérialisme ;

4. les théories et analyses économiques dans les pays de l'Est.

1. Cf. I, p. 140.

Certes, on peut critiquer cette classification (d'autres sont possibles). Elle n'a pour but que de permettre de voir clair dans un courant où il n'est pas facile d'isoler la pensée économique de la pensée philosophique et politique.

*Dans chaque cas, nous trouvons des marxistes et des marxiens.* Nous reconnaissons un auteur marxiste à plusieurs traits :

1. à son analyse, qui est à la fois philosophique, sociale, politique et économique. On parle d'analyse globale ;

2. à son hypothèse de base, selon laquelle l'histoire de l'humanité est celle de la lutte des classes ;

3. et, accessoirement, à son vocabulaire. Ce critère peut être totalement négligé, en raison de la décontextualisation du vocabulaire marxiste : plus-value, accumulation, force de travail, procès de travail, taux de profit, et beaucoup d'autres, qui appartiennent au vocabulaire général de la science économique.

Le terme « marxien », souvent utilisé dans le sens de marxiste par traduction de l'anglais *marxian*, désignera pour nous les auteurs qui étudient Marx sans adopter nécessairement le deuxième critère ou interprètent les problèmes selon la méthode de Marx, mais sans adhérer nécessairement au marxisme, c'est-à-dire à la doctrine [1]. Morishima [2] est un exemple d'auteur marxien, mais ce Japonais n'en est pas à un syncrétisme près ; il fait aussi un rapprochement entre Walras et Keynes.

## 1. Les doctrinaires de la révolution.

La révolution est au centre de l'œuvre de Marx. On ne peut comprendre sa théorie économique si on ne s'y réfère pas.

---

1. Dans le même esprit, on parle, en France, par exemple, d'une vision gaullienne ou d'un ton gaullien et d'un projet ou d'un parti gaulliste, la référence commune étant de Gaulle.
2. Cf. p. 136 et 148.

Après sa mort, on a vu apparaître trois interprétations de la théorie des révolutions de Karl Marx :

1. *L'École de la nécessité,* qui regroupe les auteurs dits révisionnistes. La révolution est conçue comme un fruit, il faut lui donner le temps de mûrir. En d'autres termes, l'évolution historique décrite par Marx est porteuse d'un changement social. Il suffit de laisser faire le temps et d'accompagner simplement les transformations.

2. *L'École volontariste marxiste.* Elle regroupe des auteurs marxistes-léninistes aux multiples visages : staliniens, trotskystes, maoïstes, luxemburgistes. La grande figure reste Lénine, qui fait de la prise du pouvoir l'« accoucheuse de l'Histoire ».

3. *L'École volontariste anarchiste.* La tradition anarchiste est bien antérieure à Marx, mais, après Marx, elle n'a pu ignorer son apport. En simplifiant, disons qu'elle rompt avec l'École volontariste marxiste à propos de la place donnée au Parti, et surtout qu'elle refuse la contrainte étatique.

Dans tous les cas, la doctrine de la révolution de Karl Marx est sérieusement retouchée.

### A) *L'École de la nécessité et la social-démocratie.*

Elle se développe principalement en Europe occidentale.

— C'est *en Allemagne* qu'apparaîtra un véritable révisionnisme marxiste, avec Karl Kautsky et Edouard Bernstein.

Après la mort d'Engels, en 1895, le gardien très momentané de l'orthodoxie marxiste est l'Allemand Karl Kautsky [1] (1854-1938). Ce rôle, qu'il a acquis en publiant *les Doctrines économiques de Karl Marx,* est vite perdu par son refus de recourir à la violence pour conquérir le pouvoir. Du marxisme orthodoxe, il glisse vers le révisionnisme de la social-démocratie.

---

1. Il publiera le livre IV du *Capital,* cf. I, p. 142.

# L'ECOLE DE LA NECESSITE EN ALLEMAGNE ET EN FRANCE

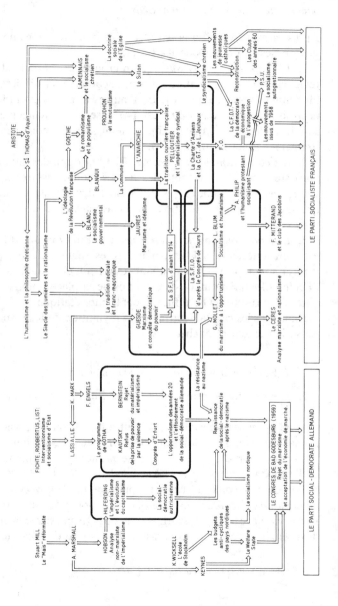

Mais c'est Edouard Bernstein (1850-1932) qui formule la doctrine révisionniste la plus radicale du marxisme, dans *le Socialisme théorique et la Pratique de la social-démocratie*. Il rejette le matérialisme de Marx, prône un retour à Kant. Il admet l'honorabilité de l'impérialisme, qui est un moyen de civiliser le monde et qui ne gêne nullement l'instauration du socialisme dans les pays industrialisés. Pour apprécier l'importance de la révision, rappelons que Bernstein était désigné par Engels comme son héritier.

Dès avant 1914, la social-démocratie allemande allait devenir une des principales composantes politiques allemandes (35 % des voix à la veille de la guerre de 1914). Le parti social-démocrate, fondé en 1875 au congrès de Yalhe, était, au départ, dominé par les partisans de F. Lassalle [1], favorables à un socialisme étatique. Le marxisme n'y pénètre qu'après 1890, avec, en 1895, la victoire de Kautsky au congrès d'Erfurt.

Le révisionnisme beaucoup plus profond de Bernstein fut condamné par Kautsky, mais Bernstein ne fut pas exclu du Parti. Après 1919, le glissement à l'opportunisme et au réformisme s'accentue. La division entre communistes et socialistes facilite la montée du nazisme.

Après la guerre, l'évolution réformiste aboutira, en 1959, au congrès de Bad Godesberg, à une rupture avec le marxisme.

Il sera affirmé que *la concurrence libre et la libre initiative* sont « des éléments importants de la politique économique social-démocrate ». On passe d'un révisionnisme marxiste au réformisme empirique et humaniste. Le SPD allemand se réfère explicitement « au socialisme démocratique, qui est, en Europe, enraciné dans l'éthique chrétienne, dans l'humanisme et dans la philosophie classique ».

— *En Angleterre,* les bases du travaillisme se trouvent dans le socialisme fabien, et non dans le marxisme. Le socialisme

1. Cf. p. 108.

fabien [1] et la social-démocratie de Bernstein ont, dans le domaine politique et philosophique, beaucoup de points communs. Ils se distinguent à propos de l'impérialisme. Pour John Hobson, les colonies coûtent ; occupons-nous de notre pays avant de penser aux autres.

— La social-démocratie *autrichienne* doit beaucoup à Rudolf Hilferding (1877-1941), qui donne une dimension plus scientifique aux idées de son parti avec *le Capital financier* (1910). C'est un ouvrage majeur, constamment réédité. Kautsky, Boukharine et beaucoup d'autres subissent son influence. De nos jours, il garde une actualité certaine, par sa description du rôle des banques dans la diminution de la concurrence, dans l'appareil et le développement de l'impérialisme, dans l'apparition de crises économiques périodiques.

Hilferding peut être considéré comme le précurseur de la théorie de la *transnationalisation du capital,* qu'exprimeront les Lyonnais Pierre Dockès (*l'Internationale du capital,* PUF, 1974) et René Sandretto (*les Inégalités dans les relations économiques mondiales,* CNRS, 1976). Le capital financier permet l'expansion des entreprises géantes et des ententes par-dessus les frontières nationales. Elles auront pour effet de stabiliser la conjoncture dans les pays industrialisés, tout en augmentant le niveau de vie de leurs travailleurs, grâce à l'exploitation des pays pauvres. Les surprofits réalisés dans les colonies permettent d'augmenter les salaires dans les pays riches. C'est une théorie partagée par un grand nombre de marxistes. Elle est à la base de la théorie de *l'échange inégal* de Arghiri Emmanuel (1972) et de Samir Amin [2].

Il s'agit d'une simple explicitation de la thèse selon laquelle l'impérialisme est la réponse de l'économie capitaliste à la loi de la baisse tendancielle du taux de profit. De ce point de vue, la théorie de Hilferding est identique à celles de Rosa

1. Cf. p. 21. — 2. Cf. p. 143 et 144.

Luxemburg (*l'Accumulation du capital,* 1913), de Nicolas Boukharine *(l'Économie mondiale et l'Impérialisme)* et de Lénine : « L'impérialisme est le capitalisme arrivé à un stade de développement où s'est affirmée la domination des *monopoles et du capital financier,* où l'exportation des capitaux a acquis une importance de premier plan, où le partage du monde a commencé entre les *trusts internationaux...* » (souligné par nous). Lénine en fera la base d'un de ses livres majeurs : *l'Impérialisme, stade suprême du capitalisme.* Mais, il existe cependant une différence majeure entre Hilferding et Lénine : l'un accepte l'évolution lente du capitalisme vers sa phase ultime et définitive, tandis que l'autre voit dans ce comportement la marque d'un défaitisme.

— *En Belgique,* le courant révisionniste est très riche en auteurs qui ont fait école. Le plus célèbre demeure Henri de Man, théoricien du planisme et du socialisme limité, contestataire vigoureux de la morale marxiste (*Au-delà du marxisme,* 1927) et du machinisme qui tue (*la Joie au travail*). Mais son engagement en faveur du nazisme déconsidère son message.

— *En France*, la situation de la social-démocratie est beaucoup plus complexe.

Il n'est pas question, ici, de faire un historique de la social-démocratie française. Après la Commune, fortement influencée par les blanquistes, la tradition proudhonienne et les anarchistes, la renaissance socialiste passe par la renaissance syndicale. La tendance anarchiste, très voisine de l'impérialisme syndical [1], y est importante.

Toutefois, dès 1879, Jules Guesde (1845-1922) créa le Parti ouvrier français. Sa pensée, fort proche du marxisme, accentuait l'aspect déterministe du marxisme ; il affirma très vigoureusement le primat du politique. C'est à Jules Guesde que

1. Cf. p. 129 et 131.

l'on doit l'apparition, en France, d'un véritable parti très structuré. Pour lui, la conquête (démocratique) de l'appareil politique est la première étape de la conquête du pouvoir. La révolution viendra compléter la conquête légale du pouvoir (nous sommes ici proches du révisionnisme).

A côté du parti de Guesde existe toute une série d'autres tendances, soit plus anarchistes, soit plus nettement révisionnistes, soit simplement réformistes. Elles s'uniront, pour la plupart, avec le parti de Jules Guesde, en 1905, dans la SFIO (Section française de l'Internationale ouvrière).

Jean Jaurès (1859-1914) va donner, au sein de la SFIO, ses lettres de noblesse au révisionnisme, en unissant idéalisme et matérialisme. Il ne rejette pas le matérialisme historique, mais il se refuse à voir seulement dans l'évolution de l'humanité le simple « réfléchissement de l'évolution économique sur le cerveau ». Il proclame la valeur de l'idéalisme, luttera pour les droits de l'homme (il prendra position pour Dreyfus, alors que bien des socialistes sont pour le moins réservés) et mènera des campagnes pacifistes (ce qui lui vaudra d'être assassiné, au moment où se déclenche le premier conflit mondial). En 1908, Jaurès fonde le révisionnisme français en soutenant la thèse de « la valeur révolutionnaire de la réforme, étape nécessaire sur la route du socialisme ». Après la Première Guerre mondiale et la révolution d'Octobre, en 1920, au congrès de Tours, la tendance marxiste « orthodoxe » de la SFIO emporte la majorité et fonde le PCF ; la minorité, menée par Léon Blum, décide de continuer la SFIO. Léon Blum sera l'héritier direct de Jaurès. Il voulait fonder un socialisme à l'échelle humaine et, après la victoire du Front populaire, en 1936, il devient le premier président du Conseil socialiste. La scission de la SFIO n'a jamais empêché l'existence, au sein du parti qui incarnait la social-démocratie, de multiples courants. Après 1945, la SFIO, de plus en plus réformiste et opportuniste, devient finalement un parti gouvernemental. Après le retour au pouvoir du général de Gaulle, le courant social-démocrate a pris des formes multiples (club divers, SFIO, PSU...). En 1972, le Parti socialiste, élargi sous l'égide de François Mitterrand qui, comme Jaurès, vient d'une tradition plus radicale et humaniste que marxiste, a réuni une grande partie de ces courants. Comme après la naissance de la SFIO, les luttes de tendances à l'intérieur du PS sont nombreuses. Toutes les tendances admettent cependant que, par des réformes réalisées démocratiquement, on peut changer le capitalisme et instaurer le socialisme.

### B) *L'École volontariste marxiste.*

Pour tous les volontaristes marxistes, la révolution est nécessaire. On ne changera pas le capitalisme sans une révolution. Elle doit être préparée et organisée par un parti solidement structuré.

### a) *Vladimir Ilitch Oulianov, dit Lénine (1870-1924).*

Après Marx, tout le courant du volontarisme marxiste trouve son origine dans la pensée et l'action de Lénine. Nous avons déjà vu son rôle essentiel dans le gauchissement révolutionnaire du marxisme [1]. Le rôle du Parti et la nécessité de révolutionnaires professionnels, la dictature du prolétariat et le centralisme démocratique ont donné au marxisme les instruments de son volontarisme révolutionnaire. Lénine est né en 1870, à Simbirsk (aujourd'hui Oulianovsk). Issu d'une famille de fonctionnaires, il adhère rapidement aux idées révolutionnaires, à la suite de l'exécution de son frère aîné. En 1896, il sera condamné à la déportation en Sibérie pour trois ans. Ensuite, il s'exilera et, après un bref retour en 1905-1906, ne rentrera en Russie qu'en 1917. Il connaît le marxisme en 1893, à travers un curieux courant qui voyait dans le marxisme

---

1. Cf. I, p. 187 et 191.

# LE VOLONTARISME MARXISTE

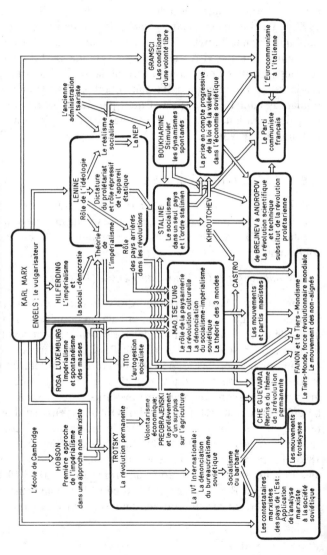

la justification de la bourgeoisie. Lénine va alors appliquer méthodiquement les idées de Marx à l'économie russe d'alors et entrer en conflit avec les *populistes*. Ces derniers trouvaient dans la pauvreté des Russes la cause essentielle des problèmes de la Russie et faisaient de la consommation le but de la production. Lénine fera de l'accumulation du capital et de ses contradictions fondamentales l'élément clé de son analyse. Sa thèse s'épanouira pleinement dans *l'Impérialisme, stade suprême du capitalisme* (1916). Il y développe les thèses de R. Hilferding [1], de J. Hobson [2] et de Rosa Luxemburg [3].

Devant un capitalisme qui, à travers l'impérialisme, tend à assurer son emprise mondiale et se conforte socialement dans les pays les plus avancés en y améliorant le niveau de vie, Lénine a mis progressivement en place une stratégie révolutionnaire.

1. Il renforce la cohésion des révolutionnaires en éliminant « délibérément tout ce qui n'est pas avec nous ». Il va aussi s'engager dans une série de luttes contre tous les déviationnistes. Cela l'amènera à un renforcement considérable de la discipline et à l'instauration de révolutionnaires professionnels. Il rejoint les thèses de Babeuf [4].

2. Il renforce la cohérence idéologique. Contrairement à Marx, cette notion de cohérence idéologique n'aura plus, chez Lénine, une connotation presque négative. Les intellectuels révolutionnaires doivent éviter le glissement de la classe ouvrière vers l'idéologie bourgeoise. Les syndicats doivent être soumis au Parti.

3. Il élargit la base révolutionnaire. Depuis l'échec de la Révolution de 1905, il conçoit le rôle des forces paysannes. Depuis 1920, il affirme que le prolétariat est la seule classe révolutionnaire mais, ajoute-t-il, « avec les esclaves des colonies ». « La route pour aller en Europe passe par Shanghai et Calcutta. »

---

1. Cf. p. 116. — 2. Cf. p. 21. — 3. Cf. p. 126 et 141. — 4. Cf. p. 100 et 101.

4. Il donne un rôle répressif à l'État. « En période de transition du capitalisme au communisme, la répression est encore nécessaire, mais c'est la répression d'une minorité d'exploiteurs par une majorité d'exploités. » « L'appareil spécial de répression, la machine spéciale de répression de l'État est encore nécessaire. »

Au total, l'ensemble de sa stratégie léniniste renforce l'efficacité révolutionnaire aux dépens du rôle du prolétariat ouvrier. C'est sur cette base léniniste que va se développer tout le volontarisme marxiste.

Lénine n'a pas été seulement un révolutionnaire. Il fut aussi le fondateur d'un régime économique. Marx n'a pas construit de modèle d'économie socialiste, mais c'est en se réclamant de Marx que Lénine tente, en 1917, de mettre en place une économie socialiste en Russie. On est loin des petits essais de coopératives, de phalanstères, ou des rêveries utopistes. C'est du socialisme réel, à l'échelle d'une immense nation. Cela est un fait nouveau dans une situation économique et politique d'effondrement. Les capitalistes et les fonctionnaires sont remplacés par le peuple armé tout entier (*l'État et la Révolution*, 1918). Les entreprises sont nationalisées, la monnaie est supprimée, le troc la remplace.

Les résultats catastrophiques de cette phase, connue sous le nom de *communisme de guerre*, conduit, en 1921, au repli stratégique de la Nouvelle Politique économique (NEP). Il ne suffit pas de collectiviser les moyens de production pour gérer ou organiser la société socialiste.

A travers le communisme de guerre, Lénine met en place une économie socialiste ultra-centralisée, qui demeure encore. Avec la NEP, il fonde le pragmatisme économique soviétique et ouvre la voie aux réformes. Une fois de plus, on trouve chez Lénine la justification de bien des voies possibles.

Diminué physiquement, dès décembre 1922, par une congestion cérébrale, Lénine ne pourra pas mener à bien son œuvre. Durant sa maladie, certains articles indiquent qu'il envisage un « changement radical ». Il veut déplacer l'essentiel des efforts de la lutte politique vers le travail pacifique des organisations culturelles. Son pessimisme vis-à-vis de l'Occident s'accroît ; l'Orient lui semble, en revanche, devenir l'espoir du mouvement révolutionnaire. Il pressent les dangers internes et demande l'ouverture du Comité central à « quelques dizaines d'ouvriers » qui assureront sa stabilité. Le 21 janvier 1924, il meurt d'une troisième congestion cérébrale, sans avoir pu réformer le léninisme.

*b) Joseph Vissarionovitch Djougatchvili, dit Staline (1879-1953).*

Staline n'est pas un théoricien mais un praticien. Né en Géorgie, fils de cordonnier, il entre au séminaire en 1894, et en est exclu en 1899. A partir de 1901, il devient un agitateur professionnel, qui voit dans la révolution le moyen d'une ascension sociale. Arrêté plusieurs fois, exilé en Sibérie, revenu à Pétrograd en mars 1917, il joue un rôle clé dans la révolution d'Octobre, tout en restant inconnu des masses. C'est avant tout un homme de l'appareil. Il va ainsi pouvoir éliminer ses adversaires et, après la mort de Lénine, s'emparer totalement du pouvoir. Son œuvre est surtout composée d'opuscules (dont certains se rapprochent de la méthode des catéchistes), de cours et d'allocutions.

Succédant à Lénine, Staline systématise la pensée de ce dernier dans *les Fondements du léninisme* (1924) et *les Questions du léninisme* (1926). Il se prononce pour *le socialisme dans un seul pays.* Il connaît la fragilité de cette position et, pour la défendre, il renonce à la solution trotskyste de « la révolution permanente » pour lui préférer un développement de l'industrie militaire dans le cadre d'une planification étatique et centralisée. Celle-ci sera confiée à des volontaristes comme Stroumiline, qui fixent les objectifs sans tenir compte des structures. L'abandon de la NEP se traduit (selon les prescriptions du gauchiste Préobrajensky, qui sera liquidé) par l'exploitation des paysans — soutien politique sur lequel comptait Lénine —, source de surplus économiques (selon le droitiste Boukharine, qui fut liquidé). L'opposition qui ne manque pas de naître devant cette politique est vite réduite au silence définitif. Staline instaure une dictature policière sans merci, multipliant les purges. En même temps, il dote l'Union soviétique d'une base économique et d'une armée qui lui permettront de résister à l'invasion hitlérienne. L'homme du socialisme dans un seul pays sera l'artisan de l'expansion impérialiste du socialisme.

*c) Lev Davidovitch Bronstein, dit Léon Trotsky (1879-1940).*

On peut affirmer qu'il a été l'égal de Lénine. Juif dans le sud de la Russie, il fait ses études au moment où populistes et marxistes s'affrontent. Il participe à la création des mouvements ouvriers, est emprisonné et déporté. Il s'évade et, en 1902, fait partie de la minorité (les mencheviks) qui s'opposent aux thèses des bolcheviks, autrement dit, de Lénine. Toutefois, dès 1904, Trotsky s'écarte des mencheviks, participe activement à la Révolution de 1905, est de nouveau arrêté, et s'évade. Il va alors élaborer sa théorie de *la révolution permanente*.

Pour lui, il faut réaliser l'alliance du prolétariat et de la paysannerie et forcer les étapes. La base de la révolution russe sera agraire, ou il n'y aura pas de révolution. Le pouvoir conquis, le parti du prolétariat ne pourra pas se borner à des réformes agraires et démocratiques. Il sera amené à aller toujours plus loin dans le socialisme. Les rapports de forces seront tels, qu'il sera impossible de limiter la révolution socialiste à une seule nation. Il faudra l'étendre sans cesse au niveau international. Donc :

1. On ne peut limiter, dans un premier temps, la révolution à une révolution bourgeoise (thèse des mencheviks) ou démocratique (thèse des bolcheviks en 1917), il faut l'étendre sans

cesse. La révolution sera totale et mondiale, ou ne sera pas.

2. La révolution socialiste peut avoir, dans certains pays « arriérés », une base paysanne. Dans certains cas, la dictature du prolétariat pourra s'instaurer plus vite dans ces pays que dans les pays avancés.

La Révolution de 1917 allait confirmer les thèses de Trotsky. En même temps, celui-ci jouera un rôle décisif dans la prise du pouvoir et la victoire de Lénine à l'intérieur de la Révolution. Commissaire aux Affaires étrangères, il sera l'artisan de la paix de Brest-Litovsk. Organisateur de l'Armée rouge, il donnera à la révolution d'Octobre la victoire sur plus de dix armées blanches aidées par l'étranger.

Malheureusement pour lui, pendant la maladie de Lénine, Trotsky sous-estime la puissance de Staline. A la mort de Lénine, il tente, en vain, avec l'opposition de gauche, de plaider à la fois pour la démocratisation, l'industrialisation et la lutte contre la bureaucratie. Staline triomphe et l'exile. Trotsky sera alors traqué par les agents soviétiques, qui le feront assassiner au Mexique, en 1940.

Durant son exil, Trotsky a dénoncé la bureaucratie croissante, le sous-développement économique qui accompagnent le stalinisme. Il a élaboré une stratégie de transition entre le capitalisme, qui se fourvoie dans le fascisme, et la révolution, trahie par le stalinisme. Ce sera la base de la IVᵉ Internationale (fondée en 1938), à laquelle se rallieront, notamment, le Français Paul Lambert et le Belge Ernest Mandel. Certains économistes radicaux américains découvriront Marx à travers les œuvres trotskystes. Le mouvement « Socialisme ou barbarie », correspondant à la revue du même nom, animée notamment par Cornélius Castoriadis, ancien directeur de l'OCDE, s'inscrit dans cette perspective trotskyste de critique du socialisme réel de l'Union soviétique.

Il faut bien constater que toutes les révolutions socialistes réussies se sont déroulées selon le schéma de Trotsky. Un moment Fidel Castro reprit le thème de la révolution permanente en Amérique latine. Il l'abandonnera sous la pression de Moscou. Tué en 1967 dans un maquis de Bolivie, Che Guevara adhéra, dans son message à la conférence tricontinentale, aux thèses trotskystes. Sous une autre forme, on retrouve certains thèmes trotskystes dans le maoïsme.

On peut rapprocher Trotsky de Rosa Luxemburg (1871-1919). Née polonaise, devenue allemande par un mariage blanc avec un médecin, elle a une place à part parmi les doctrinaires de la révolution. Avant 1914, au sein du SPD, elle s'oppose aux révisionnistes.

Elle participe aussi à l'élaboration d'une théorie marxiste de l'impérialisme [1]. L'aggravation des contradictions qui résultent de l'internationalisation achevée de l'économie et du capital peut faire du prolétariat une force révolutionnaire. C'est la théorie de *la spontanéité des masses*, que systématiseront les disciples de Rosa Luxemburg. Elle s'oppose à la fois à la stratégie léniniste, en minimisant le rôle du Parti et des révolutionnaires professionnels, et également à Trotsky, qui ne négligeait pas le rôle du Parti.

Internationaliste, antimilitariste et antinationaliste (elle considère le fait national comme un simple fait culturel), elle fait partie de la minorité *spartakiste* du SPD qui refusa, en 1914, l'Union nationale. Elle fut emprisonnée et ne recouvra la liberté qu'en 1918. A Berlin, elle participe au soulèvement spartakiste de 1919, qui tente d'internationaliser la révolution. L'armée, avec l'alliance du social-démocrate Ebert, réprima le mouvement. Rosa Luxemburg mourut le crâne fracassé par des coups de crosse, et son corps fut jeté dans un canal.

L'extrême gauche des années soixante retrouvera ses idées qui, par certains aspects, rejoignent le volontarisme anarchiste.

1. Cf. p. 121 et 142.

### d) Mao Tsé-toung (1893-1976).

Pas plus que pour Lénine ou Staline, il n'est question ici de faire une biographie de Mao Tsé-toung. Fils d'un paysan pauvre ayant réussi à s'enrichir, il put faire des études et entrer à l'École normale. Il s'engage dès lors dans l'agitation estudiantine (profondément anti-impérialiste, compte tenu du contexte) et adhère ensuite au marxisme (1919), jusqu'à participer au Congrès constitutif du Parti communiste chinois (1921), dont il fut élu secrétaire. Dès lors, sa vie s'identifie, jusqu'à sa mort, avec la progressive ascension du communisme chinois.

Nous retrouverons plus loin ses analyses économiques. Ses principales œuvres doctrinales sont *De la pratique* (1937) et *De la contradiction* (1937) sur le plan méthodologique, et *la Démocratie nouvelle* (1940), sur le plan de l'action politique (tactique du front uni). Sa ligne politique générale le situe à égale distance de Lénine et de Trotsky.

Mao dénoncera violemment le révisionnisme soviétique d'après Staline. Cette dénonciation s'articulera sur une argumentation logique :

1. Il y a eu, en Union soviétique, un relèvement des forces bourgeoises anciennes et nouvelles s'appuyant sur un renforcement de l'appareil d'État.

2. De ce fait, les rapports de production socialistes se dégradent en rapports de production capitalistes.

3. L'Union soviétique prend un caractère impérialiste (« social-impérialiste ») en exploitant les pays sous son influence (Europe de l'Est, Tiers Monde) et en ne soutenant qu'en paroles les luttes de libération nationale.

L'analyse de Mao a toujours eu un certain caractère empirique. Il partait des faits pour élaborer ses théories. Il en sera de même pour la Révolution culturelle : prenant acte des difficultés de construire le socialisme en Chine, il observe que

l'obstacle majeur n'est ni d'ordre politique ni d'ordre écono
mique... (bien que ces facteurs aient leur importance), mais
d'ordre idéologique. Les mentalités évoluent bien plus lente
ment que les institutions. Il faut donc périodiquement les
« révolutionner ». En cela, cette conception de la révolution
culturelle est fondamentalement distincte de la révolution
permanente de Trotsky. Que la « Grande Révolution cultu
relle prolétarienne » ait finalement, elle aussi, abouti à une
lutte de pouvoirs, n'est qu'un épiphénomène, sans doute non
souhaité au départ par son initiateur.

Du point de vue politique, l'idée-force de Mao Tsé-toung
sera de prendre appui sur la paysannerie, d'abord pour mener
à bien la conquête du pouvoir, ensuite pour construire le
socialisme. On retrouve là certains points communs avec les
expériences titistes et castristes et les conceptions de Frantz
Fanon (1925-1961). Une fois le pouvoir pris, la lutte de classe
va continuer encore longtemps contre les anciens représen
tants de la bourgeoisie, et aussi contre les résurgences de
tendance bourgeoise, notamment dans la bureaucratie. Cette
lutte ne pourra être victorieuse que si elle s'appuie le plus
largement possible sur « les masses » (front uni du prolétariat
et de la petite paysannerie pauvre).

*e) Antonio Gramsci (1891-1937).*

Mis en prison pour « empêcher son cerveau de penser » au
lendemain de l'interdiction du parti communiste en Italie
(1926), Gramsci rédige, dans la souffrance et la maladie, ses
trente-deux *Cahiers de prison*. Ignorés de la police, ces *Cahiers*
sont publiés en cinq volumes après la mort du martyr commu
niste italien. L'ensemble de son œuvre laisse l'impression d'un
savoir encyclopédique. Dans le domaine philosophique,
Gramsci souligne l'unité des éléments constitutifs du
marxisme : l'économie, la philosophie, la politique. Dans les
rapports entre le matérialisme historique et la science morale,

il adopte comme principe que « la société ne se propose pas des tâches pour la solution desquelles n'existent pas déjà des conditions de réalisation ». « Si ces conditions existent, écrit-il, la solution des tâches devient *devoir*, la *volonté* devient libre. »

### C) Le volontarisme anarchiste.

Les idées anarchistes sont plus anciennes que celles de Karl Marx. L'anti-étatisme et l'affirmation de l'individu comme fin en soi sont les deux éléments de l'anarchisme originel. L'anti-étatisme est présent tant chez Babeuf que Proudhon. L'affirmation nihiliste du moi s'enracine dans les développements de l'hégélianisme qui mène à Stirner (*l'Unique et sa propriété*, 1845).

Cette double origine fait de l'anarchisme une formidable protestation contre les tyrannies en tout genre et en même temps introduit la violence (voire le terrorisme) dans l'action politique.

Michel Bakounine (1814-1876), contemporain, lecteur et ami momentané de Karl Marx (il traduira le *Manifeste* en russe), va donner une grande impulsion au mouvement anarchiste.

Il s'oppose aux proudhoniens rejetant l'idée d'appropriation personnelle et l'association. Il opte pour la propriété collective. Il s'oppose à Marx en affirmant la nécessité de la violence, la répartition égalitaire des richesses, le rôle de la paysannerie et , surtout, en refusant la dictature du prolétariat. Bakounine demande la suppression de tous les États nationaux et de leurs structures politiques et juridiques. La rupture sera totale à propos de la Commune de Paris en 1871, et des mouvements similaires en province. Les blanquistes et les proudhoniens y jouent un rôle majeur. Marx attribue leur échec à l'absence de parti ouvrier, Bakounine à l'autoritarisme.

# LE VOLONTARISME ANARCHISTE

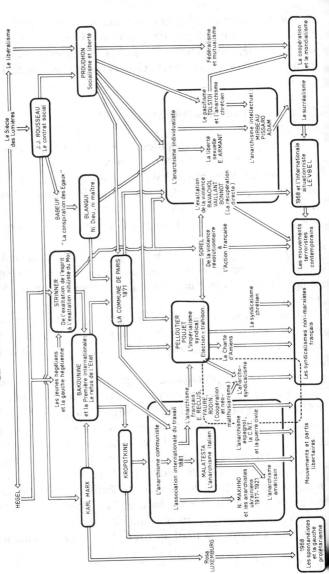

Piotr Alekseïevich Kropotkine (1842-1921) reprend les thèses de Bakounine, mais il utilise l'expression d'*anarchisme-communiste* pour montrer qu'il n'est pas l'ennemi de toute organisation sociale.

L'anarchisme communiste diffusé en France par E. Reclus, S. Faure, Rodin, y recoupe l'anarcho-syndicalisme et l'impérialisme syndical de F. Pelloutier (1867-1901) et de E. Pouget (1860-1931).

La doctrine de l'impérialisme syndical (« Tout par le syndicat, rien que par le syndicat ») comporte le refus des réformes et de l'action politiques, la grève générale, la limitation des naissances et l'antimilitarisme. La charte d'Amiens, en 1906, fait, dans cet esprit, de la première CGT (Confédération générale du travail) un syndicat révolutionnaire.

Le discours de Pelloutier évoque parfois certaines positions de la CFDT actuelle ou de grands slogans de 1968, tels : « Élection = trahison ».

Ce courant rencontra un moment Georges Sorel (1847-1922), théoricien de la violence, qui se distingue pourtant des autres tendances anarchistes, liées peu ou prou au nihilisme de Max Stirner (1806-1856). Dans ses *Réflexions sur la violence* (1908), son inspiration est le pragmatisme bergsonien. La *grève générale* n'est pas le moyen concret et garanti pour réaliser l'avènement d'une société nouvelle ; c'est seulement un mythe, mais un mythe nécessaire pour l'homme révolutionnaire. Il n'est nullement certain qu'après l'effondrement du capitalisme, la société anarchiste voie le jour aussitôt, car le développement social échappe aux lois de la connaissance. En cela, Sorel s'oppose à Karl Marx et à son interprétation de l'histoire. Par la suite, il devient même l'inspirateur de « l'Action française », mouvement d'extrême droite animé par Charles Maurras et Léon Daudet, mais il se rapproche du léninisme, à la fin de la vie.

En dehors de la France, l'anarchisme se diffuse en Russie, avec à la fois une tendance terroriste (Bakounine et Kropotkine) et celle pacifiste du grand Tolstoï (1828-1910). En Italie, il existe toujours un courant anarchiste puissant inspiré par Enrico Malatesta (1853-1932). Un mouvement anarchiste animé par N. Makhno prendra même le pouvoir en Ukraine de 1917 à 1921. En Espagne, un très fort courant d'anarcho-syndicalisme, incarné par la grande confédération CNT (Confédération nationale du travail), se développera. Elle jouera un rôle politique important durant la guerre civile de 1936-1939. L'ultra-gauche et les théoriciens de la violence susceptibles de déstabiliser la société capitaliste peuvent être, en partie, rattachés à des courants anarchistes.

## 2. Reformulations et approfondissements méthodologiques et théoriques.

L'œuvre de Karl Marx a été l'objet d'un très grand nombre d'exposés modernes et variés dans leur interprétation, tant du point de vue philosophique que scientifique.

S'agissant de la philosophie, la première moitié du XXᵉ siècle est dominée par la personnalité du Hongrois György Lukács. Les philosophes français dominent dans la seconde moitié du XXᵉ siècle. Louis Althusser, Étienne Balibar, Roger Garaudy, Henri Lefebvre, Lucien Seve, Maurice Godelier, Suzanne de Brunhoff, et les auteurs des articles publiés dans les revues *la Pensée* (France) et *Contradictions* (Belgique) pourraient être classés parmi ceux qui ont renouvelé ou approfondi la philosophie marxiste, tout en militant pour la dénonciation des découpages arbitraires. L'École philosophique marxiste, française, avec Althusser a mis en lumière la rupture épistémologique dont nous avons avons déjà parlé [1]. Cela a permis une nouvelle lecture de Marx.

1. Cf. I, p. 189.

Dans le domaine scientifique, la pensée marxiste a investi aussi bien la biologie que l'anthropologie ou l'économie. Cette diffusion du marxisme dans les sciences était, sous Staline, la conséquence d'une tendance à voir de l'idéologie dans toute production « scientifique » des non-marxistes. Le débat entre l'inné et l'acquis était ainsi un débat entre l'idéologie bourgeoise de l'inné et la science prolétarienne, ou marxiste, de l'acquis (Lyssenko).

De nos jours, plus personne, pour les sciences de la nature, ne pense qu'il existe une science bourgeoise, d'une part, et une science prolétarienne, d'autre part.

En économie politique, il en est tout autrement. Bien que le Polonais Oskar Lange ait reconnu que le marxisme ne fournit pas une solution ou une explication à tous les problèmes économiques, bien que Suzanne de Brunhoff ait également montré l'intérêt plutôt philosophique que scientifique de *la Monnaie chez Marx* (1967), la plupart des économistes marxistes disqualifient souvent toute approche qui n'est pas dialectique. Les reformulations de nature mathématique des grands thèmes du *Capital* échappent à ces critiques. Le rapprochement que fait le Japonais Morishima entre Marx et Walras ne semble choquer personne, pas plus que son rapprochement entre Marx et von Neumann (*l'Économie de Marx, une théorie duale de la valeur et de la croissance*, 1973).

### A) *La méthodologie marxiste.*

Le Hongrois György Lukács (1885-1971) doit surtout sa célébrité à *Histoire et Conscience de classe* (1919-1922). Suscitant de violentes critiques de la part des marxistes orthodoxes aussi bien que de la part des social-démocrates, cet ouvrage donne la dimension de l'originalité de la pensée de G. Lukács, bien que, plus tard, son auteur ait été conduit à le désavouer. Il y approfondit et élargit, dans le domaine de la méthodologie, le point de vue de K. Marx, selon lequel : « Les rapports de production de toute société forment un tout. » L'isolement d'éléments est peut-être une nécessité pour la connaissance. Il ne doit pas être un but en soi. « Pour le marxiste, il n'y a donc pas, en dernière analyse, de science juridique, d'économie politique, d'histoire, etc., autonomes. Il y a seulement une science, historique et dialectique, unique et unitaire, du développement de la société comme totalité.

Le point de vue de la totalité ne détermine cependant pas seulement l'objet ; il détermine aussi le sujet de la connaissance. La science bourgeoise — de façon consciente ou inconsciente, naïve ou sublimée — considère toujours les phénomènes sociaux du point de vue de l'individu (...) tout au plus peut-elle mener (...) à quelque chose de seulement fragmentaire, à des faits sans lien entre eux ou à des lois partielles abstraites. »

Ces quelques lignes d'un livre écrit en 1922 [1] se retrouvent pratiquement telles quelles cinquante ans plus tard, dans de nombreux écrits (voir l'*Anti-économie* de J. Attali et M. Guillaume, les manifestes de Suzanne de Brunhoff, de Michel Beaud, Claude Servolin dans le cadre de l'Association pour la critique des sciences économiques et sociales : ACSES).

En plus de ce problème de méthodologie d'une grande résonance, Lukács a étudié les questions de la conscience de classe, la théorie de l'État, en critiquant les conceptions des pseudo-marxistes, qui voient dans l'État une institution au-dessus des classes, alors que, pour les marxistes révolutionnaires, il est facteur de puissance que le prolétariat se doit de conquérir.

*En France*, il faut citer deux auteurs qui, avec des méthodes différentes, ont permis un éclaircissement méthodologique.

L'anthropologie économique et une démarche relativement structuraliste ont permis à M. Godelier de mieux cerner la

---

1. *Histoire et Conscience de classe.*

nature de la dialectique marxiste, de la rationalité économique, le rôle de certains « objets pensés » de Marx, notamment des modes et rapports de production, de la valeur-travail... Nous nous en sommes plusieurs fois inspirés en présentant les clés de l'interprétation marxiste [1].

De son côté, Robert Fossaert s'est efforcé, depuis plusieurs années, d'éliminer les « concepts flottants » du marxisme. Pour lui, si on veut faire du marxisme une science de la société, il faut sortir de l'imprécision actuelle et éviter qu'un même concept n'entretienne des rapports différents avec les autres et la réalité. Trop souvent, la vérité du concept a été la preuve par Marx ou par Lénine. Elle fait de la vérité marxiste une vérité révélée renforcée par la preuve par l'appareil (la ligne juste) et la preuve par la pratique. Il y a une crise de la preuve dans la pensée marxiste.

Dans cette perspective, R. Fossaert élabore une théorie générale du développement des sociétés, essayant de clarifier et de formaliser les concepts marxistes et de les appliquer aux divers aspects du développement. Pour Fossaert : « Marx a encore quelque chose à nous apprendre, surtout si l'on sait, comme lui, refuser de devenir marxiste, c'est-à-dire prisonnier d'une orthodoxie. »

### B) Les reformulations théoriques des thèmes marxistes.

De nombreux travaux, tels ceux d'Oskar Lange, Michio Morishima, Andras Brödy, B. Cameron, L. Johansen, F. Seton et de Gérard Maarek démontrent que l'analyse de Marx se prête parfaitement à la formalisation logique et mathématique. Le socialiste polonais Oskar Lange (1904-1965) indique, dès 1935, que « l'économie politique marxiste et l'économie politique moderne » de Walras et Pareto sont compatibles, moyennant une certaine rénovation du marxisme.

1. Cf. I, p. 166 à 171.

Il abandonne la valeur-travail et, par conséquent, le problème de la transformation des valeurs en prix disparaît [1]. Il conclut que la détermination des prix d'équilibre dans une économie socialiste obéit à un processus analogue à celui que l'on trouve sur un marché concurrentiel (*Théorie économique du socialisme*).

Le problème de la transformation est soulevé par le statisticien allemand L. von Bortkiewicz, en 1907 (*Valeur et Prix dans le système marxiste*). L'Américain P.M. Sweezy le reprend, en 1942, dans sa *Théorie du développement capitaliste*. A partir de cette date, rares sont les économistes soucieux de logique qui, en découvrant Marx, n'ont pas tenté de déchiffrer l'énigme du passage des valeurs aux prix. Certains envisagent un retour à Ricardo, d'autres proposent des solutions, soit limitées à un nombre précis de secteurs, soit générales. La bibliographie abondante en langue anglaise sur ce thème sans fin occupe plusieurs pages dans le manuel de Blaug. Pour les Français, nous retiendrons principalement les noms de G. Abraham-Frois, J. Cartelier, Carlo Benetti, Dominique Lacaze. Nous signalerons aussi que Morishima et Catephores se sont attaqués à ce problème et ont donné des solutions particulières.

### 3. Analyses marxistes des problèmes économiques du capitalisme et de l'impérialisme.

L'analyse marxiste s'est largement déployée pour atteindre un grand nombre de terrains. Son extension est telle, qu'elle concurrence l'approche néo-classique dans son ambition à vouloir traiter de tous les problèmes. Il y a ainsi, par exemple, une économie rurale marxiste (Gervais, Servolin, Weil, co-auteurs de *la France sans paysans*), une économie des transports marxiste (Netter), une économie du savoir ou de l'éducation appréhendée en termes marxistes (J.-L. Maunou-

---

1. Cf. I, p 302 et 303 et II, p. 149.

ry), etc. Mais les analyses les plus importantes portent sur l'évolution du capitalisme et sur l'exploitation du Tiers Monde.

### A) *L'évolution du capitalisme.*

Dans ces élaborations, les économistes marxistes ne refusent pas toujours de recourir à certains concepts non marxistes.

*a) L'appel à Keynes et le retour à la sous-consommation.*

— L'Anglais Maurice Dobb, par exemple, retient la loi marxiste de la baisse tendancielle du taux de profit comme loi d'évolution du capitalisme (*Économie politique et Capitalisme,* 1937 ; *Études sur le développement du capitalisme*, 1945). Il admet aussi la loi de Keynes [1]: la propension à consommer est stable ce qui n'empêche pas que la consommation tende à s'accroître moins vite que le revenu. Il faut donc chercher l'explication de la baisse tendancielle du taux de profit dans les mobiles de l'investissement et l'évolution du taux d'intérêt. G. Dumesnil s'est orienté, lui aussi, vers un rapprochement de Keynes et de Marx [2]. N'oublions pas non plus l'évolution des néo-cambridgiens — mais avec eux, nous basculons du côté des post-keynésiens.

— Avec Paul Baran et Paul Sweezy, on assiste à un changement de terminologie. Ces économistes américains parlent ainsi de surplus, plutôt que de plus-value, afin de tenir davantage compte de l'intérêt, de la rente et des revenus des improductifs, que de l'élément profit au sens strict. Pour Baran et Sweezy, avec l'abandon de la concurrence par les prix, la loi marxiste de baisse tendancielle du taux de profit n'est plus vérifiée ; c'est, au contraire, la tendance à la hausse des surplus qui se manifeste. Dès lors, le problème du capitalisme devient

1. Cf. I, p. 35. — 2. Cf. I, p. 144.

# LE DEVELOPPEMENT DE L'ANALYSE MARXISTE DU CAPITALISME

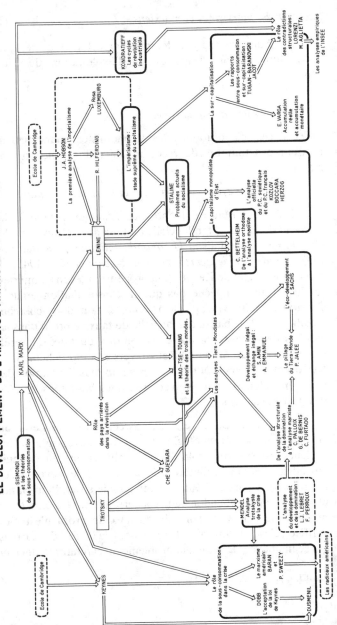

l'absorption des surplus. La part de la consommation des capitalistes tend à diminuer. L'investissement endogène ne peut s'accroître plus vite que les débouchés ; l'investissement exogène, lié à l'accroissement de la population, au progrès technique et à la demande étrangère en capitaux est, lui aussi, très faible. L'effort pour vendre (marketing), les gaspillages, les dépenses des pouvoirs publics, notamment dans le domaine militaire, deviennent, dans ces conditions, des antidotes permanents « à la tendance du capitalisme à sombrer dans un état de dépression chronique ».

Les faiblesses de l'analyse de Baran et Sweezy, mises en évidence par Gilbert Abraham-Frois dans les *Éléments de dynamique économique* (1972), tiennent à l'absence de rigueur des démonstrations et à la confusion entre l'analyse en termes de valeur et l'analyse en termes de prix. Mais au-delà de ces critiques, le noyau dur de la théorie de Baran et Sweezy demeure la vieille théorie de la sous-consommation comme condition préalable des crises ; c'est une thèse très répandue parmi les économistes marxistes de Rosa Luxemburg à Arghiri Emmanuel, en passant par Otto Bauer, Henri Denis et Serge Latouche. Il est vrai que, d'un point de vue terminologique, on ne parle pas de sous-consommation, comme le font Malthus, Sismondi et Keynes, mais d'insuffisance de débouchés.

*b) Le rôle de la surcapitalisation.*

— D'autres marxistes ne s'en tiennent pas à la sousconsommation conçue comme une cause absolue, mais au rapport sous-consommation/suraccumulation. C'est notamment le cas du Russe Tugan-Baranovsky et du Japonais S. Tsuru. Nous résumerons la théorie de ce courant en reprenant les mots de J.H. Jacot : « La sous-consommation des masses ne conduit, en système capitaliste, à des crises de surproduction, que parce qu'elle s'exprime alors simultanément dans la suraccumulation du capital. » (*Fluctuation et Croissance économique*, PUL, 1975).

— Eugène Varga (1874-1964), économiste soviétique d'origine hongroise, admet partiellement cette théorie, en distinguant l'accumulation réelle et l'accumulation monétaire du capital. La première peut se poursuivre, mais l'absence de débouchés ruine les capitalistes et entraîne la chute des valeurs du capital monétaire existant. L'excès d'investissement n'est pas un phénomène permanent, mais un phénomène cyclique, de sorte que, dans une première phase, l'investissement entraîne un accroissement du revenu global et de l'emploi. C'est dans une deuxième phase que l'investissement, en devenant excédentaire, finit par donner naissance à la crise (*la Crise économique, sociale, politique*, 1935).

Après la Seconde Guerre mondiale, Varga annonce une forte reprise économique dans les pays capitalistes mais, dit-il, après une phase de croissance économique accompagnée du développement de l'emploi, suivra une seconde phase, caractérisée par un phénomène de susbstitution du capital au travail. La part du salaire dans le revenu national diminuera, le chômage augmentera (*les Changements de l'économie capitaliste*, 1946, et *Essai sur l'économie politique du capitalisme*, 1963). Avec la crise durable de 1973, les écrits de Varga, qui n'ont pas toujours été orthodoxes, prennent une résonance prophétique particulière.

— En France, en plus de l'École de Charles Bettelheim, et de certains travaux plus spécifiques, où l'on trouve des éléments allant dans le sens de la loi de la baisse tendancielle du taux de profit et de la substitution du capital au travail (cf. *Fresque historique du système productif français*, INSEE, 1975), l'analyse de l'évolution du mode de production capitaliste est surtout entreprise au Centre d'études et de recherches marxistes *(CERM)*. Celui-ci dépend du Parti communiste français. Ses activités s'étendent aux recherches philosophiques, à l'approfondissement des analyses sur les modes de production féodaux, les modes de production asiatiques, à des travaux d'anthropologie « structuralo-marxiste » comparables à ceux de M. Godelier. Parmi les économistes les plus importants qui participent aux recherches du CERM, signalons : Philippe Herzog, qui, dans la première phase de son itinéraire intellectuel fut un modélisateur keynésien, et Paul Boccara. Du point de vue qui nous intéresse ici, ces deux économistes ont participé à la rédaction de l'imposant ouvrage collectif intitulé *le Capitalisme monopoliste d'État*[1]. Nous ne reviendrons pas sur les thèses de cet ouvrage, déjà vues ailleurs et vulgarisées par la revue *Économie et Politique*. Nous nous bornerons à signaler le caractère didactique de cet ouvrage.

### B) Le développement des théories de l'impérialisme.

*a) Hilferding* avait montré que l'impérialisme, sous forme de conquêtes coloniales, est la conséquence du développement des monopoles. *Via* la domination des banquiers, l'exploitation des régions colonisées permet de maintenir des salaires élevés sans faire baisser le taux de profit[2].

*b) Rosa Luxemburg* (1871-1919)[3] montre que l'augmentation de la demande est une nécessité préalable à tout accroissement des investissements (ce que K. Marx n'avait pas vu !). Il n'y aurait aucune raison d'accroître le capital, s'il n'y avait pas de débouchés supplémentaires. Si l'accumulation continue, c'est signe qu'il existe des zones non capitalistes : « Le capitalisme a besoin de couches sociales non capitalistes en tant que marché pour sa plus-value, en tant que source d'approvisionnement pour ses moyens de production et en tant que réservoir de travail pour son système salarial. » Ainsi, l'impérialisme n'est nullement lié à l'apparition des monopoles, comme le pense Hilferding. C'est une pratique nécessaire au développement du capitalisme. Le capitalisme disparaîtra

1. Cf. I, p. 154 et s. — 2. Cf. p. 116. — 3. Cf. p. 126.

au moment où, généralisé à toute la planète, il ne pourra plus s'étendre.

La thèse de Rosa Luxemburg fit l'objet de nombreuses critiques. Plusieurs auteurs en ont signalé les faiblesses théoriques. Rosa Luxemburg voit la demande exogène, oubliant la demande induite par le processus d'accumulation du capital lui-même. Comment comprendre que des pays pauvres, sans revenus, puissent constituer un débouché, si l'on n'envisage pas le crédit que leur accordent les pays impérialistes ? Il semble également difficile d'admettre que toute la plus-value n'est réalisable qu'à l'extérieur. L'observation empirique et les analyses de Nicolas Boukharine et de F. Sternberg montrent qu'une partie de la plus-value est réalisée à l'intérieur des pays capitalistes.

*c) Lénine*, pour sa part, rejoint plutôt la thèse de Hilferding. Le commerce extérieur est un résultat, une nécessité historique induite par le procès de l'accumulation capitaliste. Les pays colonisés ne sont pas les stimulateurs de l'investissement nouveau, mais des zones susceptibles de consommer les produits démodés ou de mauvaise qualité qui ne sont plus demandés dans les pays capitalistes. Il n'est donc plus question de débouchés préalables, mais de débouchés extérieurs nécessaires à l'autovalorisation dans le cadre de l'accumulation. Christian Palloix a donné un exposé de ces différentes thèses dans *l'Économie mondiale capitaliste et les Firmes multinationales* (1975).

### C) L'échange inégal et le tiers-mondisme.

C'est également la théorie de Hilferding, qui est à la base des théories de *l'échange inégal* (A. Emmanuel) *et du développement inégal* (S. Amin).

*a) A. Emmanuel* pose, au départ, que les salaires déterminent les prix, et qu'ils sont plus élevés dans les pays développés que dans les pays sous-développés. Ces derniers, en échangeant leurs produits avec ceux des pays développés sur la base d'un équilibre des prix, subissent, sur la base du travail, un échange inégal. La théorie d'Emmanuel a été fortement critiquée par ceux qui refusent de voir utiliser sous forme de modèle la théorie de Marx. Une critique assez unanime chez les marxistes, vise la nature du salaire dans la théorie d'Emmanuel. Pour les marxistes, le « salaire n'est pas une variable indépendante mais la valeur de la force de travail » (Ch. Bettelheim, S. Amin).

*b)* Pour *Samir Amin*, « il y a échange inégal dans le système capitaliste mondial lorsque l'écart entre les rémunérations du travail est supérieur à celui qui caractérise les productivités » (*l'Échange inégal et la Loi de la valeur, la fin d'un débat*, 1973). Les salaires, dans les pays de la périphérie, sont faibles, au regard de la productivité, car les marchandises consommées par les travailleurs sont des « marchandises internationales, dont le prix est réduit », en raison du progrès technique, dans les pays du centre. Les pays périphériques ont une économie extravertie. L'accumulation au Centre a besoin de l'exploitation de la Périphérie. Cette « accumulation à l'échelle mondiale » se fait par « le développement inégal ». Elle est obtenue par l'adhésion des « élites nationales » du Tiers Monde au modèle de consommation du Centre. L'extension de ce modèle (effet de démonstration) détruit les structures protectrices traditionnelles. L'artisanat, l'agriculture, l'habitat rural disparaissent, pour libérer une main-d'œuvre qui se mettra au service de l'accumulation mondiale. Pour S. Amin, la solution au problème de l'échange inégal ne passe donc pas par l'augmentation des salaires *mais par un développement auto-centré à la chinoise*. Il faut, en d'autres termes, se couper du circuit mondial, tout en sachant que l'autarcie complète est impossible.

*c) André Gunder Frank* expose, à propos de l'Amérique latine, des idées relativement proches de celles de S. Amin, même si elles paraissent moins méthodiques.

*Avec nettement moins de manichéisme, le Brésilien Celso Furtado* rejoint A. Gunder Frank, en mettant en cause les pays développés dans l'apparition du sous-développement notamment dans son analyse du rôle de la bourgeoisie et de ses modèles de consommation (*les États-Unis et le Sous-Développement de l'Amérique latine*, 1970).

Ces veines du « marxisme tiers-mondiste » et de la théorie de l'impérialisme sont très fournies en études géographiques et en monographies. Nous ne signalerons ici que trois auteurs, significatifs des approches plus générales : le Polonais Ignacy Sachs, élève de Kalecki, Pierre Jalée et H. Magdoff.

### D) Le maoïsme.

On ne peut évoquer les analyses de l'impérialisme et les conceptions marxistes tiers-mondistes sans exposer les positions chinoises.

L'analyse maoïste de l'impérialisme a trouvé son aboutissement avec la théorie dite « des trois mondes ». L'URSS, ayant achevé sa transformation social-impérialiste, est arrivée à contester l'hégémonie américaine, jusque-là toute-puissante. Ces deux pays, érigés en super-puissances, constituent le premier monde, principal fauteur de guerres, de troubles, de crises économiques et d'exploitation. Face à eux, l'immense masse du Tiers Monde, dominé, surexploité, constitue le troisième monde, moteur actuel de toute évolution fondamentale de la société. Entre ces deux mondes, un certain nombre de pays industrialisés présentent la double caractéristique contradictoire d'être à la fois des pays exploiteurs du Tiers Monde et des pays dominés par les deux supergrands (*la Théorie des trois mondes*, Pékin).

Dans cette situation, la stratégie des pays du Tiers Monde

sera avant tout de « compter sur ses propres forces », tant sur le plan interne que dans leurs relations extérieures. Au-delà de ce choix fondamental, le troisième monde cherchera à rallier, en tout ou partie, le deuxième monde, dans le cadre d'un nouveau « front uni » (*la Démocratie nouvelle*). Ces conceptions ont été la ligne générale de la Chine, de 1961 à 1976.

Sur le plan du développement économique interne [1], la politique chinoise, définie dès 1956 par « les dix grands rapports », choisit de ne pas s'appuyer sur le dégagement d'un surplus agricole pour financer le développement. En cela, la politique chinoise prend le contrepied de la stratégie léniniste et, encore plus, stalinienne. La réforme agraire a d'abord permis de briser les freins structurels au développement économique, hérités de l'ancien régime. L'organisation des communes populaires, quelques années plus tard, permet l'extension des zones cultivées, le développement de la productivité agricole et l'absorption par l'agriculture d'une grande partie de la population active. Dès lors, une bonne partie de l'accumulation peut se faire sur place, au niveau des communes.

Sur le plan industriel aussi, le modèle chinois tranche avec le modèle stalinien, en cherchant constamment l'équilibre entre industrie légère et industrie lourde. La première nécessite de plus faibles investissements, permet une accumulation rapide et est un débouché pour les secondes...

Les idées de Mao, et surtout les premières réalisations de la Chine socialiste ont eu un grand retentissement dans le monde, particulièrement dans les jeunes nations. Certaines s'en inspirèrent, par exemple la Tanzanie de Julius Nyerere. L'économiste égyptien Samir Amin emprunta de nombreux outils au maoïsme dans son analyse de l'échange inégal et des

---

1. Nous devrions, normalement, joindre ce paragraphe et les suivants aux théories et analyses économiques dans les pays socialistes. Toutefois, nous préférons éviter de trop morceler le maoïsme.

# L'APPROFONDISSEMENT THEORIQUE DU MARXISME & L'ANALYSE DES ECONOMIES SOCIALISTES

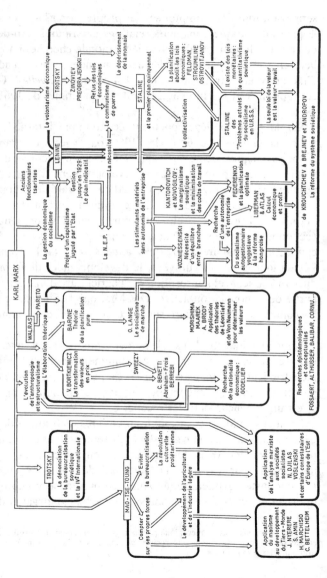

relations Centre/Périphérie. En France, Charles Bettelheim est une des figures marquantes de l'adhésion économique au maoïsme, avec Hélène Marchisio, Jean Charrière et M. Gutelman. René Dumont, après s'être enflammé pour l'expérience socialiste chinoise, deviendra beaucoup plus critique, au vu de la réalité des campagnes chinoises.

### 4. Théories et analyses économiques dans les pays socialistes.

La recherche théorique a été, en Union soviétique, largement paralysée par le dogmatisme et la reproduction simple des théories de Karl Marx et de Lénine. Le rôle de la *loi de la valeur* a cependant permis un approfondissement théorique, que nous avons déjà vu [1].

#### A) *L'influence marginaliste.*

Nous avons évoqué plusieurs fois cette influence, illustrée par les travaux économétriques et « de cybernétique économique » d'Oskar Lange. Nous signalerons toutefois les thèmes des Soviétiques Kantorovitch et Novojilov et leur contestation pour les problèmes du mode de calcul économique de la répartition du surproduit et les théories des Hongrois Andras Brödy (croissance optimale) et Janos Kornai.

Ce dernier après avoir publié « anti-équilibrium » en 1971 qui pourrait en faire un économiste du déséquilibre à la « Clower-Barro-Grossman » remet les choses en place en 1980 avec l'important « Economics of Shortage » par la critique de cette école. Celle-ci ne propose qu'une théorie non walrassienne de l'équilibre. Une véritable théorie du déséquilibre doit abandonner tous les postulats néo-classiques de l'équilibre général, écrit-il.

---

1. Cf. I, p. 184 et 185.

Le prix Nobel Leonid V. Kantorovitch et V.V. Novojilov sont les principaux représentants du courant marginaliste, que certains qualifient de révisionniste. Ils introduisent dans le calcul économique appliqué à une société socialiste les notions de productivité marginale, d'optimum parétien, d'égalisation des productivités marginales, même si d'autres appellations sont utilisées pour éviter les expressions d'origine bourgeoise.

Kantorovitch et Novojilov préconisent, dans leurs écrits respectifs, la solution des prix de production dont le calcul doit permettre des choix en fonction de l'égalisation des productivités marginales.

Comme nous l'avons vu, Stroumiline, représentant de la tendance dogmatique, rejette cette solution comme non marxiste. Il soutient, avec beaucoup d'autres, que la seule norme possible est la valeur des produits, c'est-à-dire leur coût en travail, et non les prix de production. Le capital ne pouvant être créateur de valeur, la marge de profit doit être alors proportionnelle aux salaires payés pour la production de chaque bien.

Henri Denis montre que les tenants de la thèse du travail « seule source de valeur » ont en fait mal lu Marx, en confondant la question de *l'origine* de la plus-value et la question de sa *répartition*. La plus-value, qui devient le surproduit dans le socialisme, est créée par le travail. Dans les économies capitalistes, elle est distribuée entre les capitalistes, en proportion du montant de leurs investissements. De même, en régime socialiste, le surproduit devra être distribué entre les entreprises, proportionnellement à leurs investissements, selon le système des prix de production présenté par K. Marx. De toute manière le coût en quantité de travail est une approche ricardienne et non marxiste [1].

_____

1. Cf. I, p. 302 et 303.

### B) *Le courant gestionnaire*.

On peut rattacher à un courant théorique des marginalistes le courant des gestionnaires, qui préconisent l'introduction du profit comme critère de gestion d'entreprises autonomes. Les noms dominants sont ceux de Z.V. Atlas, Libermann pour les Soviétiques, J. Kornai pour la Hongrie et Ota Sik (*la Troisième Voie*) pour la Tchécoslovaquie.

En 1970, Andras Brödy ouvre une nouvelle voie à la recherche à l'intérieur des pays socialistes en publiant *Proportions : prix et planification* comparable aux travaux que publieront trois années plus tard Morishima et G. Maarek. Il s'agit d'une application des modèles de Leontief et von Neumann pour la définition d'une croissance optimale en régime socialiste. Le modèle de Leontief est utilisé pour donner les valeurs. Pour cela, le travail est posé comme facteur primaire, la consommation de capital fixe étant une consommation intermédiaire. Il permet de connaître le travail direct et indirect contenu dans une unité de chaque produit. On obtient ainsi les valeurs d'échange des différents biens. On retrouve aisément les bases des théories de la valeur de K. Marx... ou de Ricardo.

Soucieux de planification et de croissance économique, Andras Brödy a alors recours au modèle de von Neumann. Il adopte la « règle d'or »[1], c'est-à-dire l'identité du taux de croissance du revenu national et du taux de profit, afin d'obtenir une croissance optimale. Tout écart par rapport à la règle d'or se paie. Si le taux effectif est supérieur au taux optimum, il arrivera un moment où le taux de croissance baissera pour donner sur une longue période un taux moyen inférieur au taux correspondant au respect de la règle d'or.

De manière moins théorique, sur la base de nombreuses

1. Voir p. 91.

observations et d'analyses du mécanisme économique en Hongrie, plusieurs économistes se font connaître pour leur propositions de réforme en vue d'instaurer une économie socialiste de marché. (Cf. Janos Kornai et Xavier Richet, *la Voie hongroise,* Calmann-Lévy, 1986, et X. Richet, *le Modèle hongrois,* PUL, 1985).

Dès 1956, J. Kornai avance l'idée que pour éviter les pénuries de certains produits et le gaspillage pour d'autres, l'introduction du profit comme indicateur de gestion n'est pas suffisant. Elle doit s'accompagner d'un système de prix de marché, de la concurrence entre les entreprises, de la stimulation matérielle des directeurs d'entreprise et de l'utilisation de moyens indirects pour assurer la cohérence entre les stratégies des entreprises et les objectifs macro-économiques du plan national.

Notons aussi, pour finir, qu'il existe, dans les pays de l'Est, une influence keynésienne que nous avons déjà évoquée à propos des modèles de croissance keynésiens [1], notamment ceux de Michaël Kalecki.

### C) *La contestation marxiste à l'intérieur des pays de l'Est.*

Nous ne pouvons terminer le panorama sans parler d'un courant contestataire qui, partant du marxisme, dénonce l'existence d'une société de classes en Union soviétique. Nous en avons déjà longuement parlé [2]. Ce courant montre en tout cas que le marxisme n'a pas perdu de sa vigueur quand on le ramène à son objectif.

---

1. Cf. p. 34 et s. — 2. Cf. I, p. 191 et s.

### CHAPITRE 4

# Les hérétiques « à la Schumpeter »

Bien que John Stuart Mill ait déclaré qu'un véritable économiste ne peut pas être qu'un économiste, les Écoles classique et néo-classique, ou encore la plupart des keynésiens, paraissent vouloir faire la preuve du contraire.

Les orthodoxies dominantes — marxisme excepté — négligent toutes une grande partie de ce qui, pour d'autres, permet de mieux comprendre les sociétés humaines. Certes, il existe des exceptions. Pareto est aussi un sociologue. Rueff et Friedman s'intéressent à l'épistémologie. Hicks a écrit un ouvrage sur l'histoire économique. Arrow a fait un tour de force pédagogique en publiant une synthèse socio-économique intitulée *les Limites de l'organisation*.

Toutefois, la plupart des descendants d'Adam Smith et bien des keynésiens cherchent plutôt à construire des systèmes abstraits, dont les liens avec la réalité perçue sont parfois contestables. Le déchaînement contemporain des formalisations mathématiques a poussé très loin cette rupture. Malheureusement, « les mathématiques », comme l'a dit F. Perroux, « n'épuisent jamais le phénomène humain ».

Ce sera la gloire de J. A. Schumpeter [1] que d'avoir fortement affirmé les limites de l'analyse économique, sans pour cela nier sa spécificité. Comme nous l'avons dit, il a donné leurs lettres de noblesse à tous les hérétiques et hétérodoxes qui, depuis fort longtemps, refusent une totale autonomisation du champ de la science économique.

---

1. Cf. I, p. 209 et s. (sa vie et son œuvre).

# LES VOIES DIVERSES DE L'HERESIE

Les Physiocrates
Les flux d'échange entre groupes sociaux

A. SMITH

K. MARX

L. WALRAS

3ème École de Vienne

Le précurseur :
SISMONDI
Partir de faits sociaux
historiquement et géographiquement situés

Les caméralistes allemands

FICHTE
Socialisme et Etat national

F. LIST
Le système national d'économie politique

Des historicistes allemands à l'histoire économique

**LA VOIE DE L'HISTOIRE**

de Th. VEBLEN à J.K. GALBRAITH et G. MYRDAL

**LA VOIE DES INSTITUTIONS**

D' A. COMTE à la socio-économie

**LA VOIE DE LA SOCIOLOGIE**

De la théorie des organisations à l'analyse systémique.

L'évolution des régimes et des systèmes économiques

De J. SCHUMPETER à F. PERROUX

**VERS UNE DYNAMIQUE DES STRUCTURES**

L'analyse des structures

La dynamique des forces

L'analyse structurale

La présentation de ce courant est délicate. Il y a, en effet, de multiples manières d'être un hérétique.

Toutes les tendances de l'hérésie ont eu, chez les classiques, un précurseur : J.C. L. de Sismondi. Toutefois, diverses voies peuvent être explorées : l'histoire, les institutions, la sociologie, la dynamique des structures, l'épistémologie (la science des sciences), chacune de ces voies a été empruntée par des hérétiques.

Nous ne sommes pas devant un courant fortement charpenté, dont on pourrait suivre aisément le déroulement historique. Nous sommes plutôt en présence de voies parallèles, qui se prolongent jusqu'à nos jours. Bien entendu, il est souvent difficile de classer tous les auteurs : on n'est pas hétérodoxe pour rien. Plus encore que pour les trois autres courants, nos hésitations ont été nombreuses, et les risques d'arbitraire, grands.

# 1. Le précurseur classique de l'hérésie schumpétérienne : Jean Charles Léonard Sismonde de Sismondi (1773-1842)

Citoyen de Genève, Sismondi se voulait disciple d'Adam Smith. Il est cependant possible de voir en lui, tout à la fois, un précurseur de Keynes [1], du socialisme réformiste et de l'hérésie schumpétérienne. Comme c'est le propre d'un hétérodoxe de ne pas être facilement classable, nous pensons qu'il est d'abord, et avant tout, un précurseur de l'hérésie schumpétérienne.

---

1. Cf. p. 19. Outre les *Nouveaux Principes d'économie politique*, Sismondi a notamment écrit une *Recherche sur les institutions des peuples libres* (1798), une *Histoire des républiques italiennes* (seize volumes, publiés entre 1804 et 1818) et une *Histoire des Français* (vingt volumes, publiés entre 1820 et 1844).

En effet, Sismondi s'éloigne d'une conception limitée de l'économie. Il ne veut plus réduire celle-ci à l'étude de la croissance matérielle et de l'accumulation des richesses. Il veut en faire une science destinée à réaliser le *bonheur des hommes vivant en société.*

Sismondi désire construire une économie sociale qui tienne compte du temps, de l'espace et de l'inégalité des partenaires sociaux dans la *jouissance.* L'élaboration de cette économie sociale ne se réalise cependant pas au détriment de l'analyse théorique. Sismondi forge de nombreux concepts, tels que ceux de *salaire minimum* et de *mieux-value.* Toutefois, à la différence des autres classiques, et notamment de Ricardo, il part de faits sociaux précis, historiquement et géographiquement situés. Smith avait déjà employé cette méthode, oubliée par bien de ses descendants.

*Sismondi, qui a beaucoup voyagé, s'insurge d'abord contre la loi de J.-B. Say,* car le chômage existe, s'étend et n'a rien de volontaire. L'économie doit donc expliquer la surproduction, et non en nier la possibilité théorique. Sismondi donne trois causes principales à ce phénomène central : la sous-consommation, la concurrence et l'incertitude.

« Plus le commerce s'étend, plus les échanges se multiplient entre les pays éloignés, plus il devient impossible aux producteurs de mesurer exactement les besoins du marché qu'ils doivent pourvoir. » Chaque producteur, pour réduire les risques de l'incertitude, va tenter par tous les moyens de s'attribuer la plus grosse part du revenu social, aux dépens des autres... et souvent, « pour y parvenir, le plus court moyen est de diminuer la part de tous ». Le progrès technique, l'utilisation des machines, la division du travail s'inscrivent dans cette stratégie, qui débouche sur la surproduction, la surpopulation et la sous-consommation. En voulant limiter les sommes qu'ils versent aux propriétaires du capital, aux travailleurs ou aux autres entrepreneurs, les producteurs capitalistes travaillent efficacement à la diminution de leurs débouchés.

Pour remédier à cette situation, Sismondi propose l'intervention de l'État, qui doit veiller à ce que l'intérêt particulier respecte l'intérêt général (Sismondi nie l'existence d'un ordre naturel qui, spontanément, aboutirait à harmoniser les intérêts de tous). Nous sommes près de la négation des lois économiques. Sismondi rejette aussi la croissance économique, qu'il lie au libéralisme économique. Marx, qui le cite abondamment, le qualifiera, pour cette raison, de « socialiste petit-bourgeois », et Lénine parlera à son propos de « socialisme romantique ». Certains pourront voir en Sismondi l'un des premiers critiques économiques du progrès économique et de la croissance pour la croissance.

## 2. La voie de l'histoire

L'histoire a été et demeure encore un moyen privilégié pour empêcher la fermeture de l'économie sur un ensemble théorique abstrait. Sismondi l'a largement exploitée.

Au XIXᵉ siècle, l'exploration de la voie historique a vu se développer l'« historicisme », pratiqué par l'*École historique allemande*. C'est une contestation, à la fois de l'idéologie et de la méthode *des classiques*.

### 1. Les précurseurs : du caméralisme au nationalisme économique.

Le libéralisme manchestérien a eu peu de succès en Allemagne. Le mercantilisme [1] y a survécu, alors qu'il était pratiquement oublié dans le reste de l'Europe. La recherche d'une

---

1. Cf. p. 12 et s.

union entre les États, que Bismarck finira par réaliser en 1871, explique peut-être cette survivance de la doctrine mercantiliste, connue sous le nom de *caméralisme*. Ce terme ancien désigne la science des finances publiques dans les pays « encore gouvernés par des principes plus ou moins absolutistes » (J. A. Schumpeter).

Cette approche de l'économie, illustrée par Seckendorff (1626-1692), von Justi (1717-1771), Sonnerfeeds (1732-1817), fonde un interventionnisme systématique, que l'on retrouve dans toute la tradition politique allemande. Il prendra sa forme politique extrême dans l'hitlérisme.

Par ailleurs, cet interventionnisme va amener la naissance d'une théorie protectionniste, illustrée par le socialiste J.G. Fichte (1762-1814) [1], et surtout par Friedrich List (1789-1846) [2].

Dans son *Système national d'économie politique* (1840), F. List explique que le libre-échange est une doctrine d'exportation des Anglais, doctrine qui, pour se développer, a d'abord usé et abusé du protectionnisme. Anticipant sur l'historicisme, F. List distingue diverses étapes dans l'évolution de toute nation. Elles mènent de « l'État pastoral » à « l'État agricole manufacturier et commercial », l'économie complexe. C'est à ce dernier stade qu'il convient d'appliquer le « cosmopolitisme » de Smith et de Ricardo, c'est-à-dire le libre-échange. Aux autres stades, et notamment pour permettre l'apparition de l'industrie, un protectionnisme éducateur doit être de règle. Ces idées avaient déjà été exprimées, en 1819, par J. Chaptal et surtout, développées, par la suite, par l'Américain H. Ch. Carey (1842) [3], le Français Dupont-White (1851), et surtout l'Américain Patten, dans ses célèbres *Fondements économiques de la protection* (1890).

Toutefois, au-delà de son protectionnisme, List annonce le

1. Cf. *l'État commercial fermé* (1800) et *le Discours à la nation allemande* (1813).
2. Cf. p. 56. — 3. Cf. p. 56.

relativisme de l'École historique allemande. Ce qui est valable pour une époque peut ne pas l'être pour une autre.

## 2. L'historicisme de l'École allemande.

L'École historique allemande part d'une critique du déductivisme classique, puis néo-classique. Elle rejette l'*homo œconomicus* sans sexe, sans âge, sans patrie, mu par l'unique mobile de l'intérêt. Elle préfère une méthode *inductive*, partant de l'observation des faits et prenant en compte tous les mobiles qui expliquent le comportement des hommes. Quant aux « lois économiques », elles ne sont, au mieux, que des lois relatives à un type de société donnée. Il n'y a pas de lois économiques générales.

A partir de ce fond commun il existe des nuances et des oppositions. Au départ, W.G.F. Roscher (1817-1894), professeur à Göttingen, ne met pas en cause le système classique. Il veut l'illustrer par des exemples concrets. La science économique est bien une science, mais elle doit établir des ponts avec les autres sciences sociales.

Bruno Hildebrand (1812-1878) conteste radicalement l'existence de lois naturelles et générales. Il nie même le caractère scientifique d'une discipline aussi étroite que la science économique qui, pour lui, doit d'abord *expliquer* les lois du développement économique. Il rejoint F. List et prend la voie de ce que l'on nommera le *socialisme de la chaire*.

Dès 1853, K.G. Knies va beaucoup plus loin. Il nie l'idée de loi, même dans le développement des sociétés. Il ouvre la voie à ce que l'on appelle *la jeune École historique allemande,* dont le chef de file est G. Schmoller (1838-1917). Schmoller enseigna à l'université de Strasbourg après 1871. La jeune École va essentiellement *décrire,* au risque de tomber dans l'érudition. Schmoller s'opposera très fortement aux marginalistes, à Menger en particulier. Cette querelle n'a plus guère

# LES VOIES DE L'HISTOIRE ET DES INSTITUTIONS

A. SMITH

J.B. SAY

SAINT-SIMON (L'industrialisme)

K. MARX

Recherche épistémologique
J. ATTALI
H. BARTOLI

Les radicaux américains

Néo-marginalisme américain
J.B. CLARK
E. CHAMBERLIN

J.M. KEYNES

BARAN
P. SWEEZY

**Th. VEBLEN**
Comportements réels, fonctionnalités théoriques et contraintes de la société technique

J.M. CLARK
L'étude concrète des coûts

A.A. BERLE
J. BURNHAM
L'ère des organisateurs

WC. MITCHELL
BURNS
Accumulation statistique et analyse inductive

**L'école institutionaliste**

Le renouveau institutionaliste

J.K. GALBRAITH
L'évolution de la techno-structure

G. MYRDAL
Institution et développement

SISMONDI

Partir de faits sociaux historiquement et géographiquement situés

**Développement de l'histoire économique**

Les économistes

Histoire des faits économiques et sociaux

C.E. LABROUSSE
S. KUZNETS

J.C. TOUTAIN
J. MARCZEWSKI

CARRE
DUBOIS
E. MALINVAUD
(INSEE)

L'histoire quantitative

H. SEE

M. MALLET
M. NIVEAU
PARODI

Étude des évolutions structurelles

Les historiens

H. PIRENNE

J. PIRENNE

L'école historique française
M. BLOCH
LUCIEN FEVRE
BRAUDEL

L'histoire science intégratrice
BOUVIER

**VERS UNE DYNAMIQUE DES STRUCTURES**

FICHTE
Socialisme, nationalisme, étatisme

F. LIST
Étapes du développement
Fait national et protectionnisme

**L'école historique allemande**

Méthode inductive et refus de la loi générale
Les fondateurs :
La jeune école historique (l'historicisme radical :
G. SCHMOLLER, K. KNIES, A. SPIETHOFF

Les caméralistes :
L'interventionnisme étatique
Von JUSTI, SONNENFEEDS

Les mercantilistes

La marche vers l'État stationnaire des classiques

Recherche sur l'évolution des régimes et des systèmes économiques

M. WEBER
L'esprit du capitalisme : interaction entre capitalisme et société

W. SOMBART
Système économique et de la technique

F. WAGEMANN
W. EUCKEN
Vers une typologie des régimes économiques

W.W. ROSTOW
Les étapes de la croissance

F. PERROUX - J. SCHUMPETER

aujourd'hui de raison d'être, car il est devenu assez certain que le travail fourni pour amasser des faits ne débouche sur rien sans certaines hypothèses préalables. La connaissance est d'abord structuration du perçu. L'absence de modèle de référence explique la stérilité de certains travaux de la jeune École historique allemande. Toutefois, on retiendra les travaux d'A. Wagner (1835-1917) sur l'économie financière et de G.F. Knapp (1842-1926) sur la monnaie.

On notera aussi l'importance de la contribution à l'étude des cycles économiques d'Arthur Spiethoff, l'assistant de G. Schmoller. Elle met l'accent sur les insuffisances de l'épargne par rapport à l'investissement appelée théorie de la sous-production des biens de consommation et de la surproduction des biens de production. Elle rejoint les vues de l'économiste marxiste russe Tugan-Baranovsky [1]. Bien d'autres apports pourront être cités, par exemple celui d'Adolphe Wagner, qui a montré qu'au fur et à mesure que le revenu national s'élève la part de la puissance publique s'accroît. On a souvent une impression d'éparpillement ; toutefois, *l'École historique allemande va permettre d'approfondir les recherches dans le domaine de l'histoire économique et dans celui du développement des régimes économiques.*

### 3. Les recherches sur l'évolution des régimes économiques.

Les théories sur la succession des régimes économiques dans le temps (appelées aussi théories de la périodisation de l'histoire économique) ont pour base les travaux de l'École historique et de F. List, et non *le Capital* de K. Marx.

Lorsque ce dernier écrit : « le pays qui est industriellement le plus développé montre à celui qui l'est moins l'image de son propre futur », il ne fait que reproduire la théorie de l'École historique.

---

1. Cf. p. 139.

*Werner Sombart* (1863-1941) définit un système économique comme un ensemble social caractérisé par un état de la technique, des formes d'organisation économiques et sociales et un esprit ou un ensemble de valeurs juridiques. Le régime est l'application historique plus ou moins fidèle du système. Avec Max Weber (1864-1920), plus étudié en sociologie qu'en économie, Sombart réintroduit ainsi la possibilité de l'abstraction dans l'historicisme et une certaine autonomie dans l'étude des systèmes économiques.

*Max Weber* définira aussi le « type idéal ». Pour lui, un système n'est pas l'assemblage de n'importe quelles institutions avec n'importe quels comportements. Il y a des problèmes de compatibilité ou d'incompatibilité de structures. Dans son fameux ouvrage, *l'Éthique protestante et l'Esprit du capitalisme* (1903), Weber montrera que le protestantisme et le capitalisme sont non seulement compatibles entre eux, mais que l'un a permis le développement de l'autre. Dans *Économie et Société* (1921) — titre qui deviendra celui d'une revue créée par F. Perroux —, Max Weber va plus loin. Il considère que la théorie économique doit être subordonnnée à une théorie sociologique générale de l'action. Nous passons de l'histoire à la sociologie. On comprend l'intérêt que portent à Weber les sociologues, et le silence des économistes à son égard.

Après Sombart et Weber, la théorie des systèmes économiques sera développée par E. Wagemann et W. Eücken.

Wagemann propose ainsi une typologie des régimes qui, dans un premier temps, va du semi-capitalisme au haut capitalisme, en passant par le néo-capitalisme, et, dans un second temps, de l'économie libre à l'économie centralisée. On doit également à Wagemann, qui fut directeur de l'Institut de la Conjoncture de Berlin, la distinction entre structure et conjoncture. De son côté, W. Eücken élabore en organisation fonctionnelle, au sein de laquelle se déroule un processus économique particulier, la notion d'ordre économique.

Plus près de nous, l'Américain W.W. Rostow, professeur à

Harvard, a repris, en 1960, l'approche de la succession des régimes économiques dans son ouvrage *les Étapes de la croissance économique*. Il montre comment les sociétés passent de la société traditionnelle à la société de consommation. Il décrit comment le régime soviétique arrive à un tournant : devenir une société de consommation ou l'instrument d'une économie de conquêtes. Il situe les nations du Tiers Monde dans la succession des étapes de la croissance et analyse les problèmes de leur décollage. En fait, le sous-titre de son livre, *Manifeste anticommuniste* indique bien ses intentions. Son livre, largement répandu, a amené des auteurs souvent proches du marxisme à réviser la conception marxiste des étapes du développement, conception somme toute fort proche de celle de Rostow. Celso Furtado, André G. Frank, G. de Bernis, Samir Amin, ont essayé de montrer que le sous-développement n'est pas un simple retard de développement, mais une situation liée à l'exploitation de la périphérie — le Tiers Monde — par le centre (les pays développés) [1] ou encore qui s'enracine dans le choc entre deux types de sociétés et d'économies. La France, l'Allemagne, l'Angleterre n'ont ainsi jamais été des pays sous-développés. La révision du processus de développement est faite aussi sur des bases plus empiriques par Raoul Prebish (auteur des concepts de Centre et de Périphérie), par G. Myrdal [2], ou encore dans le cadre d'une recherche sur la dynamique des structures.

### 4. Le développement de l'histoire économique.

L'École historique allemande a été en grande partie à l'origine d'un important développement de l'histoire économique, qui a, à son tour enrichi la science économique.

En Belgique, H. Pirenne (1862-1935) et son fils, Jacques Pirenne, ont véritablement repensé l'économie dans une

1. Cf. p. 142 et s. — 2. Cf. p. 25 et 167.

perspective historique. Ils ont élaboré des synthèses qui permettent de suivre les grandes pulsations de l'histoire à partir d'hypothèses économiques. En France, l'École historique française, avec Marc Bloch (1886-1944), Lucien Febvre (1878-1956), Pierre Léon, F. Braudel (1902-1985), J. Bouvier, G. Duby et E. Le Roy Ladurie ont donné une grande place à l'économie dans les évolutions historiques. F. Braudel fait d'ailleurs de l'histoire une discipline largement englobante qui, à la limite, fait disparaître la spécificité de l'économie, ou, du moins, en fait une discipline auxiliaire.

Aujourd'hui, du *côté des économistes,* se développe une histoire quantitative, dont E. Labrousse a été, en France, le précurseur. Elle vise à reconstituer les séries statistiques longues, voire les comptes nationaux. Ces recherches furent entreprises, aux États-Unis, entre les deux guerres, par Colin Clark (dont tout le monde connaît la distinction entre les trois secteurs : primaire, secondaire et tertiaire), et surtout S. Kuznets (prix Nobel), qui cherche a reconstituer les séries longues des comptes nationaux. Aujourd'hui, en France, J.-C. Toutain, l'équipe de J. Marczewski et des chercheurs travaillant dans le cadre de la Direction de la Prévision et de l'INSEE [1] sont engagés dans cette voie. L'histoire quantitative a déjà donné des résultats intéressants, mais forcément limités, car elle ne prend en compte que les époques pour lesquelles on peut quantifier sans trop de risques.

Aux États-Unis, on voit aujourd'hui apparaître des économistes qui exploitent de manière originale la voie historique. Il est encore trop tôt pour savoir ce que donneront leurs recherches. On peut les situer en disant qu'ils tentent d'appliquer à l'évolution historique certains concepts de la rationalité néo-classique pour les choix dans l'allocation des ressources rares. Il y a là une jonction possible entre les deux courants. Citons à ce propos les travaux de D.C. North, et en particulier,

---

1. Cf. notamment la *Fresque du système productif français.*

son livre, *Structure et Changement dans l'histoire économique*. Tous les comportements sont analysés avec les outils néo-classiques et à partir de la doctrine libérale des droits de propriété (c'est la rareté qui crée le droit de propriété). Toute l'évolution économique s'explique par la conquête de nouveaux droits de propriété. L'évolution se bloque dès que l'État (qui est une nécessité) tient à généraliser ses propres droits et à effacer ceux des agents privés.

A côté des économistes qui poussent très loin la quantification, ou encore l'application à l'histoire des concepts de la rationalité économique, l'histoire des faits économiques sociaux a donné lieu à de nombreuses études. Elles rejoignent les recherches effectuées dans le domaine de la dynamique des structures. Parmi les auteurs qui ont largement contribué à l'élaboration de l'histoire des faits économiques et sociaux, citons, en France, M. Niveau, A. Philip, P. Maillet, M. Parodi et J.-J. Carré, P. Dubois et E. Malinvaud. *La Croissance française* (écrit par ces trois derniers auteurs) fait le lien entre l'histoire quantitative et la dynamique des structures. On retrouve une démarche assez proche, mais beaucoup plus quantitative, dans l'ouvrage intitulé *la Crise du secteur productif*, publié en 1981 par le département « entreprise » de l'INSEE.

## 3. La voie des institutions

L'institutionnalisme doit beaucoup à l'École historique allemande, du moins dans ses premières tendances. L'institutionnalisme, c'est l'historicisme à la mesure d'un pays qui n'a pas encore d'histoire. Il ne faudrait cependant pas appliquer de manière stricte cette formule. En tout cas, même si, aujourd'hui, l'institutionnalisme dépasse très largement le cadre des États-Unis, c'est dans ce pays qu'il a pris naissance et a encore aujourd'hui ses principaux bastions.

## 1. Les caractères communs de l'institutionnalisme.

Critiquant, comme l'École historique allemande, l'abstraction marginaliste, l'institutionnalisme propose de substituer à *l'homo œconomicus* [1], l'homme sociologique, c'est-à-dire un homme situé dans un milieu, en relation avec d'autres agents aux comportements souvent imprévisibles. L'institutionnalisme vise donc à une réunification des sciences sociales.

Pour les institutionnalistes, « anciens », il ne s'agit pas de normaliser la vie économique, mais de comprendre son processus compliqué par une étude réaliste et quantitative des faits (P.T. Homan) [2]. La description des faits est privilégiée. Toutefois, en mettant l'accent sur *l'évolution*, l'institutionnalisme n'abandonne pas toute élaboration théorique. Il veut rechercher les meilleures voies possibles de l'évolution des institutions. Par « institution », cette École entend les habitudes de pensée, les règles législatives ou de comportement qui déterminent les actes des individus et des entreprises, des administrations et des groupes sociaux.

L'institutionnalisme rejoint le darwinisme (théorie de l'évolution des espèces). Toutefois, l'observation historique le modère ; il est, en effet, impossible de dévoiler les meilleures voies de l'évolution.

La méthode inductive est précédée de l'hypothèse selon laquelle il existe des rapports dialectiques entre institutions et vie économique. Cette dialectique n'a rien de commun avec la dialectique de K. Marx, car il n'y a pas, en dernière instance, de détermination par l'économique.

L'institutionnalisme s'efforce d'expliciter ses hypothèses, ses présupposés idéologiques, c'est-à-dire son système de valeurs.

---

1. Cf. I, p. 105 et s.
2. *Pensée économique contemporaine*, 1928.

## 2. L'institutionnalisme des fondateurs.

Trois auteurs dominent ce courant de pensée : T. Veblen, J.M. Clark et W.C. Mitchell. Ce sont eux qui l'ont véritablement fondé.

### A) Thorstein Veblen (1857-1929).

Il est le plus spirituel des institutionnalistes américains. Avec sa *Théorie de la classe des loisirs* (publiée en 1893 et souvent traduite par *Théorie de la classe oisive*) et sa *Théorie de l'entreprise d'affaires* (1904), il apparaît comme un analyste du capitalisme et des crises. En fait, il propose une critique virulente des comportements réels, bien éloignés des modèles rationnels imaginés par les économistes. Pour Veblen, les hommes d'affaires sont loin d'être des exemples de parfaite rationalité économique ; ce ne sont que de vulgaires brigands. Heureusement, par-dessous ce monde peu recommandable, existe la technique, la machine, qui oblige l'homme à mesurer et à calculer.

Dans ses derniers ouvrages : *les Ingénieurs et le Système des prix* (1921), *Propriétaire absentéiste et l'Entreprise privée*, Veblen annonce un monde où économistes et ingénieurs gouverneront l'économie et accapareront le pouvoir. Il ouvre la voie à « l'ère des organisateurs » de Burnham et à la techno-structure de Galbraith [1]. Il fait de la technologie et de la science les grandes forces du changement.

Ainsi, Veblen d'un côté rend quelque peu ridicule le monde policé et glacé des néo-classiques et inscrit ses constatations dans le cadre d'une évolution des sociétés et de leurs institutions.

---

1. On retrouve la même idée dans le socialisme utopique et technocratique de Saint-Simon, qui lança l'idée qu'un jour le gouvernement des choses remplacera le gouvernement des hommes. Idée reprise par Marx pour la phase du communisme, au cours de laquelle commence le dépérissement de l'État.

### B) John Maurice Clark (1884-1963).

Fils de J.B. Clark [1], il applique, comme lui, l'analyse à la marge. C'est le moins hérétique des institutionnalistes. Il étudie la formation des prix en fonction du coût marginal et du coût fixe. Toutefois, en 1913, il adopte une perspective macro-économique et définit, comme Aftalion, l'accélérateur, qu'il formalise [2]. Avant Keynes, Clark établit l'interdépendance de l'offre et de la demande. Examinant la pertinence du multiplicateur de Kahn et de Keynes, il fut le premier à signaler d'une part la distinction entre le multiplicateur statique et le multiplicateur dynamique ; et d'autre part le caractère théorique de cet outil : l'effet de multiplication dépend du mode de financement.

*C'est en fait sa condamnation de l'abstraction qui en fait un fondateur de l'institutionnalisme.* Il revendique le caractère scientifique de l'induction. Il rejette la psychologie primitive du marginalisme et du néo-marginalisme et souhaite une approche interdisciplinaire. Enfin, il se prononce pour l'interventionnisme public et le contrôle des entreprises. Loin des modèles théoriques, il appelle une concurrence praticable. Il a incontestablement influencé les institutionnalistes qui dans les années trente participèrent à l'élaboration du *New Deal* de Roosevelt.

### C) Wesley C. Mitchell (1874-1948).

Directeur du National Bureau of Economic Reasearch de 1921 à 1948, W.C. Mitchell fut un des plus grands rassembleurs de statistiques de l'histoire de l'économie. Avec Arthur Burns, il chercha à accumuler des chiffres sans vouloir vérifier une théorie. Ils voulaient tirer des hypothèses des faits accumulés,

---

1. Cf. p. 75 — 2. Cf. p. 28.

et non définir *a priori* ce qui devait être étudié. En fait, Mitchell et Burns débouchent sur une théorie du cycle qui est avant tout une théorie des fluctuations de prix. En fin de période d'expansion, les coûts augmentent plus vite que les prix. Le profit global s'élève, mais le profit unitaire chute, ce qui incite peu les entrepreneurs à investir pour entretenir la croissance. Cela s'est encore vérifié en 1973. Pourtant, on retiendra surtout qu'il ouvrit la voie à l'histoire quantitative, dont nous avons déjà parlé.

Bien d'autres auteurs devraient être cités... Ce qui est plus important encore, c'est de retenir le rôle que joua cette première génération d'institutionnalistes (qui voulut à son époque être « la nouvelle économie ») dans le *New Deal*. Elle en fut souvent la principale inspiratrice et participa à l'une des plus importantes évolutions institutionnelles de l'histoire américaine.

## 3. Le renouveau institutionnaliste.

La révolution keynésienne, les querelles entre keynésiens et néo-classiques, monétaristes ou non, éclipsent parfois le maintien d'une tradition institutionnaliste. L'institutionnalisme n'est pas un simple interlude historique, même si les auteurs dont nous allons parler sont difficilement classables.

Nous avons déjà eu l'occasion de citer plusieurs fois, à ce propos, G. Myrdal, J.K. Galbraith et les radicaux américains, dont les filiations sont plus complexes.

Nous ne reviendrons pas sur G. Myrdal, ce Suédois qui aurait pu être l'auteur d'une révolution fort proche de celle de Keynes. Il est arrivé à l'institutionnalisme en s'attaquant aux problèmes du développement [1].

Signalons que certains théoriciens des choix publics, tel que Bruno Frey, s'attribuent l'étiquette d'hétérodoxes.

1. Cf. p. 25.

### A) *John Kenneth Galbraith* [1].

Il est, dans tous les sens du terme, un des plus grands économistes actuels. On peut y voir sans problème une sorte particulière de post-keynésien. La base de son raisonnement macro-économique est fondamentalement keynésienne. Toutefois, il intègre ce raisonnement dans des préoccupations sur l'évolution des sociétés qui le rattachent aux institutionnalistes. Politiquement libéral (au sens américain du terme), il fut conseiller du président Kennedy.

Déjà, les préoccupations de Galbraith apparaissent dans son ouvrage : *les Pouvoirs compensateurs et le Capitalisme américain* (1952). Nous l'avons analysé [2]. *L'Ère de l'opulence* (1958) est une dénonciation de la croissance quantitative des biens marchands au détriment des biens collectifs. Critiquant « l'ostantation », il débouche sur la nécessité d'un plus grand équilibre dans la croissance. Il préconise une politique fiscale et un contrôle des secteurs fortement concentrés. L'idée d'un pouvoir compensateur se transforme en un interventionnisme bien dans la tradition institutionnaliste.

Avec *le Nouvel État industriel* (1967), Galbraith se situe dans la perspective de Veblen, de Burnham ou d'Adolf Berle. Il reprend les théories d'une transformation du capitalisme en une technostructure capable d'imposer sa loi au consommateur (la filière inversée). Cette technostructure fait croire qu'elle défend l'intérêt général (y compris l'emploi de ses salariés), alors que sa survie devient une fin en soi. Contre cette mystification, Galbraith, dans *la Science économique et l'Intérêt général,* propose la solution socialiste. Ce socialisme cherche à éviter autant l'exploitation des travailleurs que celle

---

1. Cf. I, p. 29, 58, 205 ; II, p. 32.
2. Auteur de l'ouvrage *les Grandes Corporations et la Conscience du roi* qui analyse comment les grandes sociétés capitalistes pèsent sur l'opinion et comment l'opinion peut peser sur ces grandes sociétés.

des consommateurs. Le socialisme imposé par les faits que propose Galbraith doit se traduire par des nationalisations, dans les secteurs retardataires pour relever leur productivité, dans les secteurs surdéveloppés (notamment l'armement, dont les marchés publics représentent plus de 50 % du chiffre d'affaires), pour contrôler leur puissance. Nous ne sommes pas très loin de ce que d'aucuns appelèrent parfois le socialisme... à la française.

### B) *L'économie politique radicale.*

Le radicalisme économique apparaît en 1968. Il est lié aux mouvements de la nouvelle gauche américaine qui protestent contre la guerre au Viêt-nam et les inégalités sociales aux États-Unis.

Ce groupe s'est rapidement organisé dans une « Union pour l'économie politique radicale ». Il s'implante dans de prestigieuses universités et s'attire la sympathie de grands noms de la science économique américaine (Arrow, Galbraith, Hirschmann, Leontief). Samuelson qualifie même de « sérieux » ce mouvement de recherches.

Il faut toutefois ramener le radicalisme à ses justes proportions. Il est essentiellement plus un défi à la très orthodoxe Association économique américaine qu'une révolution théorique.

On y retrouve l'influence institutionnaliste (l'attaque contre l'abstraction néo-classique), combinée à un marxisme romantique (inspiré par les œuvres de jeunesse de Marx) et à des tendances écologistes et anarchistes.

C'est presque un cri de révolte d'économistes formés par des néo-classiques et des keynésiens d'assez stricte observance. Parfois, on assiste à la transposition des thèses ultra-libérales de Friedman dans un extrémisme anticapitaliste.

Les principaux auteurs du groupe (G. Weisskopf, Angus Bloc, C.E. Edwardo, D.M. Gordon, H. Scherman...) rejoi-

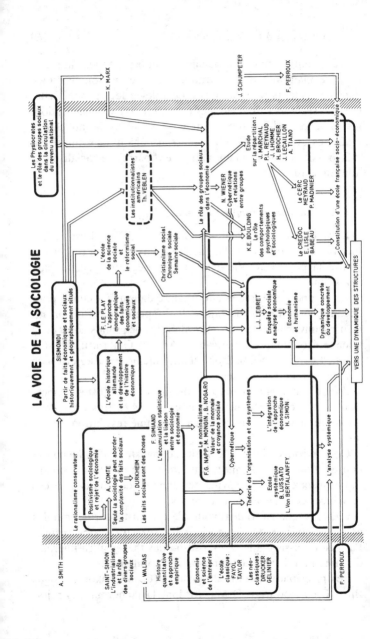

LA VOIE DE LA SOCIOLOGIE

gnent la contestation épistémologique française [1] (et notamment J. Attali, H. Bartoli, Marc Guillaume) ou encore des marxistes en rupture de ban tels que H. Lefebvre, Garaudy et le trotskyste belge E. Mandel. Parmi les références du radicalisme américain, on trouve d'ailleurs les marxistes américains P. Baran et P. Sweezy [2].

## 4. La voie de la sociologie

La sociologie apparaît à la fois comme la concurrente potentielle de l'économie et comme son éternelle compagne. Les conflits entre économistes et sociologues sont fréquents, et cependant, chacune de ces deux disciplines fait souvent appel à l'autre.

### 1. Le positivisme et le rejet de l'économie.

Selon A. Comte (1798-1857), l'humanité passe successivement par l'âge de la théologie, celui de la métaphysique, puis enfin par l'âge positif, ou encore scientifique, qu'il appelle de ses vœux. Fondateur du positivisme, A. Comte a eu une influence considérable. Curieusement, son conservatisme ne l'empêche pas d'avoir, dans les faits, supplanté Marx dans toute une partie de l'idéologie soviétique officielle. La révolution prolétarienne a été discrètement éclipsée au profit de la révolution scientifique et technique glorifiée par Brejnev.

Pour Auguste Comte, l'économie, par ses débats scolastiques sur la valeur et bien d'autres choses, relève de l'âge métaphysique. Elle ne peut aborder la complexité des faits

1. Cf. p. 190 — 2. Cf. p. 138.

sociaux. Seule, la sociologie peut le faire, grâce à l'observation directe des faits, à l'analyse des cas pathologiques et aux comparaisons historiques.

Par sa méthode *positiviste,* A. Comte rejoint Sismondi, l'historicisme et les institutionnalistes. Il n'abandonne cependant pas l'idée de mettre à jour les lois d'une physique sociale.

E. Durkheim (1858-1917) en faisant des faits sociaux des choses, aboutit à la même négation de l'économie. Cependant, F. Simiand, disciple de cette École sociologique française, va dépasser la compilation statistique et établir un pont entre l'économie et la sociologie. Il rejoint, tout en les condamnant, les historicistes, et peut être considéré comme un précurseur de l'histoire quantitative. Bien plus, en 1933, dans *Monnaie, réalité sociale,* il fait le saut et présente une explication de la nature de la monnaie.

Il montre que la valeur de la monnaie n'est pas liée à la substance matérielle qui lui sert de support, mais à la croyance sociale qu'elle suscite : « Toute monnaie est fiduciaire, l'or n'est que la première monnaie fiduciaire. »

Durkheim reprend l'idée du *nominalisme* de la monnaie, déjà émise par l'historiciste allemande F.G. Napp (1842-1926). Marcel Mongin, en 1887, et surtout Bertrand Nogaro qui, en 1905, avaient dit la même chose. Tous les nominalistes furent des précurseurs du plan Keynes, de Bretton Woods et des DTS (droits de tirage spéciaux) actuels et établirent à travers cette conception une liaison étroite entre la monnaie et la société.

### 2. L'observation monographique et l'enquête sociale.

Frédéric Le Play (1806-1882) est le fondateur d'une approche monographique dans l'étude des faits économiques, sociaux et culturels. Il lie son observation — notamment des budgets familiaux — à un réformisme social. Sa démarche et sa préoccupation pour la paix sociale marqueront profondément le « christianisme social ». On les retrouve dans la *Chronique sociale,* dans les *Semaines sociales* ou encore dans les travaux suscités par *Économie et Humanisme.*

C'est toutefois dans les travaux du fondateur d'*Économie et Humanisme,* L.-J. Lebret (1897-1966), que l'on retrouve le mieux la tendance à l'analyse des situations concrètes de F. Le Play. Si L.-J. Lebret a créé de nouvelles méthodes d'enquête *(Guide pratique de l'enquête sociale),* l'observation a toutefois été, chez lui, de plus en plus liée à la recherche d'une dynamique des structures. L.-J. Lebret avait lu Marx dans les années trente et collaboré avec F. Perroux à partir de 1940. Il avait également pris conscience des problèmes structuraux posés par le développement du Tiers Monde. Un de ses derniers ouvrages économiques, *la Dynamique concrète du développement* (1961), témoigne de cette évolution.

### 3. Les théories des organisations et la théorie des systèmes.

Le terme d'*organisation* évoque à la fois les idées de structure, d'ordre, de système, de plan et surtout (pour ce qui intéresse le courant socio-économique qui trouve le terme d'entreprise trop étroit pour son champ d'analyses) d'une association qui se propose des buts déterminés.

Pour Bruno Lussato, les *théories de l'organisation* sont en fait des productions de la *science de l'entreprise.* Elles touchent l'organisation du travail, l'économie de l'entreprise, le management. L'expression la plus moderne de la science de l'entreprise est le prolongement dans l'entreprise de la « théorie générale des systèmes ».

La science de l'entreprise tend à se développer d'une manière autonome, tout en intégrant les travaux économiques de Herbert Simon et Peter Drucker, ou d'autres auteurs appartenant à d'autres disciplines. Avec ce développement des

Écoles, se forment des appellations qui rappellent celles de l'économie politique, sans avoir la même signification. Il en est ainsi de l'École classique, dont les bases sont les travaux de Henri Fayol et Frédéric W. Taylor et de l'École néo-classique, qui est ici le mouvement empirique, représenté principalement par Peter Drucker. Le Français Octave Gelinier se rattache à ce dernier courant.

La dernière née, *l'École systémique,* a pour origine les travaux de Ludwig von Bertalanffy (1951), révélés par l'économiste Kenneth Boulding. Bruno Lussato résume l'apport des chercheurs de la théorie des systèmes en signalant, d'une part, leur effort pour « combler les fossés qui s'élargissent sans cesse entre les divers mouvements : qualitatifs (psychosociologiques), quantitatifs, et empiriques (néo-classiques) » et, d'autre part, pour « abolir les cloisons qui les séparent des autres sciences de l'activité humaine : économie de l'entreprise, information, recherche opérationnelle, macro-économie, ergonomie, *industrial engineering,* psychologie industrielle, etc. ».

Dans son esprit, lorsque Jay Forrester, le père de la *dynamique industrielle,* écrit que « la théorie des systèmes a pour but de favoriser une prise de conscience *formelle* de l'interaction entre les parties d'un système », on voit que l'idée n'est pas nouvelle, puisque l'interdépendance walrassienne se posait déjà en ces termes. La nouveauté réside dans ses applications quantifiées, tant d'ailleurs à l'analyse de l'évolution de l'économie mondiale ( *Halte à la croissance,* du Club de Rome) qu'à un système, ou organisation, plus restreint que forme l'entreprise. Ce développement nouveau est lié à celui de l'informatique.

En termes de problématique, la théorie des systèmes, qui relève de la théorie de l'entreprise, traite principalement des *structures et des politiques générales de l'entreprise considérées comme un tout indissociable,* selon les conceptions de Bruno Lussato et de Peter Drucker.

En France, ce courant est illustré par les travaux de Jean-Louis Le Moigne, Gérard Métayer, Alain Martinet, Jacques Lesourne, R.A. Thietart. (Pour une réflexion plus générale sur l'approche systémique, le sociologue Edgar Morin est également à citer, de même que le prospectiviste Yves Barel.)

### 4. Le rôle des groupes sociaux dans la vie économique.

L'analyse du rôle des groupes sociaux dans la vie économique est très ancienne. Physiocrates et marxistes l'ont, chacun à leur niveau, introduite et développée. On la retrouve chez les institutionnalistes. Bien entendu, elle est à la base des approches de l'économie par les sociologues et par ceux qui tentent d'élaborer une dynamique des structures.

On peut cependant noter que, dans les années cinquante et soixante, des économistes vont plus spécialement étudier le rôle des groupes sociaux dans la répartition et l'inflation.

Aux États-Unis, K.E. Boulding propose, en 1950, « une reconstruction de l'économie », où il met en évidence le rôle des comportements psychologiques et sociologiques. Il rejoint ici Th. Veblen, qu'on aurait pu rattacher à la voie sociologique mais qu'il est traditionnel de classer parmi les fondateurs de l'institutionnalisme. A la même époque, des auteurs tel N. Wiener essayent d'appliquer la cybernétique [1] aux relations entre groupes. Pour Wiener : « La nature des communautés sociales dépend dans une large mesure de leurs modes intrinsèques de communication. »

En France, J. Marchal, P.-L. Reynaud, J. Lhomme, J. Lecaillon, A. Tiano, H. Brochier, ont plus spécialement énoncé les problèmes de la répartition à partir du compor-

---

1. Science des relations, des communications, de la régulation de l'être vivant et des machines, son application à l'économie répond à des préoccupations proches de celles qui amènent aujourd'hui les économistes à s'intéresser à l'analyse systémique.

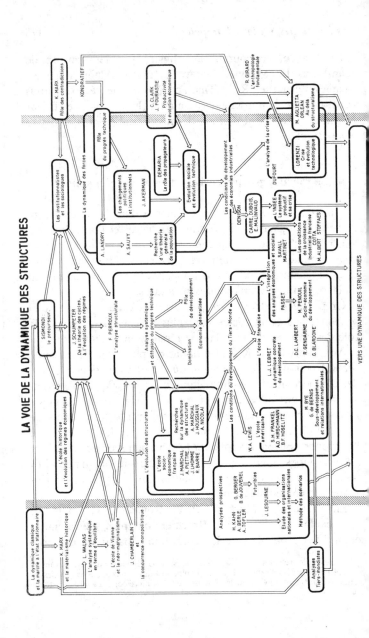

LA VOIE DE LA DYNAMIQUE DES STRUCTURES

tement des groupes sociaux. Ces études ont en même temps permis de mieux comprendre le rôle des groupes sociaux dans l'inflation, et débouché, dans la fin des années soixante et le début des années soixante-dix, sur le concept de *société d'inflation* (A. Maury).

L'inflation n'y est plus due, simplement, à des déséquilibres économiques, mais au rôle des groupes sociaux qui désorganisent pour éviter ses conséquences négatives et les reporter sur les autres (Théorie de Henri Aujac). Serge Christophe Kolm, qui se qualifie de marxo-walrasso-keynésien, préconise l'indexation pour combattre l'inflation.

Le CERC (Centre d'études des coûts et des revenus), sous l'impulsion de Jacques Méraud et Philippe Madinier, a multiplié les analyses concrètes. Elles permettent de mieux comprendre le rôle, en France, du comportement des groupes sociaux dans la répartition des revenus, le partage des surplus de productivité et la hausse des prix.

Bien entendu, il faut rapprocher de ces travaux ceux réalisés par le CREDOC sur l'épargne et la consommation, et l'analyse de l'épargne faite par Ed. Lisle et P. Babeau.

Dans tous les cas nous ne sommes pas loin d'une dynamique des forces ou d'une approche *socio-économique* relativement empirique. Nous rejoignons la dynamique des structures.

## 5. Les voies de la dynamique des structures

Nous arrivons ici aux tendances que nous avons largement décrites dans la quatrième partie du premier tome [1]. Nous avons vu, dans l'introduction du second chapitre de cette partie, pourquoi elles connaissent un rapide développement [2].

Schumpeter a donné à cette recherche ses lettres de noblesse [3] (cf. ses ouvrages : *Théorie de l'évolution économique ; Capitalisme, Socialisme et Démocratie*).

1. Cf. I, p. 213 et s. — 2. Cf. I, p. 235. — 3. Cf. II, p. 216 (sa vie et son œuvre).

François Perroux a permis son développement. Il a non seulement fait connaître J.A. Schumpeter, mais il est certainement l'économiste qui a exploré le plus grand nombre des pistes ouvertes par J.A. Schumpeter. Aussi, lorsque nous allons voir successivement :

1. l'analyse des structures,
2. la dynamique des forces,
3. l'analyse structurale,
4. et au-delà de l'analyse structurale,

nous aurions pu, à chaque étape, reprendre l'apport spécifique de François Perroux. Nous réserverons la présentation de son apport à l'analyse structurale.

Ajoutons que, d'une manière générale, ce courant est très largement dominé par des économistes français.

### 1. L'analyse des structures.

Nous avons eu l'occasion de présenter l'idée de *structure* [1].

*a)* Exception faite des travaux de Wagemann, de Weber et d'Eücken, qui tentaient d'établir une théorie des structures et des systèmes économiques [2], l'analyse des structures a été une des caractéristiques de l'École socio-économique française, que nous avons déjà citée à propos du rôle des groupes sociaux dans la vie économique. On la retrouve en effet chez F. Perroux, André Marchal, Jean Marchal, Jean Lhomme, André Piettre, André Nicolaï, Maurice Byé, Jacques Houssiaux, Alfred Sauvy, et, dans une certaine mesure, Raymond Barre.

Tous ces auteurs se refusent à analyser simplement l'économie en termes d'équilibre macro-économique ou en termes d'équilibre walrassien. Ils prêtent une très grande attention aux évolutions à long terme et aux évolutions historiques.

1. Cf. I, p. 214. — 2. Cf. p. 160.

C'est sans doute avec A. Marchal, A. Nicolaï et J. Houssiaux, que la dynamique des structures est la plus systématique. Chez ces auteurs, on voit apparaître la recherche de *lois* d'évolution des structures et des contradictions structurales.

*b)* Bien entendu, ces recherches se sont souvent orientées vers l'étude des problèmes du Tiers Monde. Citons notamment, à ce propos : Marc Penouil, *Socio-économie du développement ;* D.C. Lambert, *les Économies du Tiers Monde ;* J.-M. Albertini, *Mécanismes du développement et du sous-développement ;* G. Blardonne, *Progrès économiques dans le Tiers Monde ;* R. Gendarme, *la Pauvreté des nations.* Sans être tiers-mondistes, ces auteurs font une analyse des problèmes du Tiers Monde qui rejoint ou prolonge les analyses de G. Myrdal [1], de L.-J. Lebret [2] et de F. Perroux [3].

On peut rapprocher ces travaux de ceux menés à l'étranger par S.H. Frankel, Hirschmann, N.S. Buchanan (co-auteur, avec F.A. Lutz, de *Reconstruire l'économie mondiale*) et B. Hoselitz. A. Lewis (prix Nobel) a fait lui aussi une analyse des caractéristiques du sous-développement, mais dans une optique plus néo-classique [4].

*c)* Aujourd'hui, la dynamique des structures emprunte souvent une nouvelle voie : *la prospective,* que l'on nomme aussi parfois *futorologie.* Elle est née aux États-Unis à la fin de la Seconde Guerre mondiale. Son objectif a été de prévoir l'évolution des puissances et des rapports de forces. Elle s'est développée en France sous la double influence de Gaston Berger et de Bertrand de Jouvenel. C'est un courant très largement international.

Pensant les problèmes à long terme, la prospective s'est fortement intéressée aux évolutions structurales et a multiplié les approches interdisciplinaires (prenant en compte l'évolution des systèmes de valeurs). Peu à peu, sa méthodologie est

1. Cf. p. 167. — 2. Cf. p. 173. — 3. Cf. p. 188. — 4. Cf. I, p. 254.

sortie des approximations et des intuitions peu scientifiques. Au déterminisme banal, elle a substitué la méthode des scénarios et a utilisé l'aide de l'économétrie.

Dans la longue liste des travaux publiés, on retiendra ceux réalisés dans le cadre du commissariat général au Plan français, notamment les derniers parus (*la France dans le monde,* 1980 ; *l'Europe des vingt prochaines années* 1980 ; le rapport de l'OCDE, *Face au futur,* 1974), l'ouvrage de J. Lesourne *(les Milles et Un Sentiers de la croissance),* celui de A. Toffler *(le Choc du futur),* les diverses études du Club de Rome, qui mettent surtout en garde contre les dangers d'une croissance trop forte. Notons qu'il existe aujourd'hui de véritables centres de prospective. Citons à ce propos, aux États-Unis, la Commission de l'an 2000, de D. Bell ; le Hudson Institute, de Herman Kahn ; Making 200 en Grande-Bretagne ; l'Association Futuribles de B. de Jouvenel en France ; ainsi que les équipes spéciales de l'ONU et de l'OCDE. Certains de ces centres ou commissions ont disparu, d'autres ont une activité permanente. Notons que Bernard Cazes a publié une histoire de la prospective soumise à l'épreuve des faits.

### 2. La dynamique des forces.

L'analyse des forces a deux points de départ : l'évolution technique et l'évolution démographique ; on pourrait y adjoindre le rôle des groupes sociaux, déjà analysé à propos de la voie sociologique.

Toutefois, on voit peu à peu, comme en ce qui concerne l'analyse des structures, une évolution vers une dynamique générale des forces.

### A) *Évolution technique, dynamique économique et École de la régulation.*

Nous avons vu que la prise en compte de l'évolution technique est une des caractéristiques des hérétiques « à la Schumpeter ».

En dehors de Marx, Schumpeter a été le premier à en réaliser l'intégration dans une synthèse théorique [1]. Toutefois, cette intégration n'est que partielle. C'est le Suédois Akerman qui fait de cet élément un facteur véritablement endogène [2]. J. Akerman démontre que les changements de structures sont à l'origine des fluctuations économiques (*Structures et Cycles économiques,* 1945). Les variations structurelles sont le résultat de l'action de huit forces motrices : quatre forces primaires (le progrès technique, l'accroissement de la population, le changement politique et les grèves, la formation et la transformation des mobiles) et quatre forces secondaires (le développement du système de crédit, le développement du groupe, l'expansion de l'industrie aux dépens de l'agriculture et la transformation de la répartition des revenus).

L'analyse de ces forces, confrontées à des données empiriques sur les cycles, conduit Akerman à contester les théories de Schumpeter sur la nature des innovations et l'interprétation qu'il fait des cycles de Kondratief.

D'origine australienne, Colin Clark est un des fondateurs de l'histoire quantitative. Il a montré le rôle de la productivité dans l'évolution des activités, liant à la fois progrès technique, évolution de la demande et de la démographie. Il a élaboré une théorie du passage progressif de l'agriculture aux services en passant par l'industrie.

Jean Fourastié prolonge l'étude de Colin Clark, et a surtout analysé très finement le rôle de la productivité dans l'évolution à long terme des prix. Il fait d'ailleurs du progrès technique l'élément moteur de toute l'évolution sociale et économique. Le lecteur inattentif peut facilement y voir l'expression d'un optimisme technologique.

Le rôle du progrès technique prend une autre forme à propos des transferts technologiques. C'est la voie explorée notamment par D. Dufourt (*Transfert de technologie et Dyna-*

---

1. Cf. I, p. 220. — 2. Cf. I, p. 221.

*mique des systèmes techniques*). Pour cet auteur, « la diffusion des connaissances scientifiques et techniques s'inscrit dans un double contexte économique et technique, et seule la connaissance des modalités d'ajustement entre système technique et système économique permettrait de comprendre comment sont induites les innovations technologiques ». L'intégration du progrès technique dans la dynamique des structures se fait à travers une analyse systémique. Il rejoint les préoccupations de B. Gille dans l'*Encyclopédie de la Pléiade* (1978).

La crise actuelle a favorisé les recherches sur le rôle de l'évolution technique. Ainsi, *la Crise du système productif* (INSEE : 1981) analyse l'évolution technique dans une *dynamique structurelle*. Ces travaux prolongent ceux déjà cités sur la croissance économique française [1].

Notons que ces analyses du rôle de l'évolution technique rejoignent celles de J.H. Lorenzi dans *la Crise du XXᵉ siècle* (1980) et de Michel Aglietta dans *Régulation et Crise du capitalisme, L'expérience des États-Unis* (1979). Ces ouvrages sentent parfois l'influence du marxisme. Ils s'en éloignent par la volonté de ne pas s'enfermer dans les seules contradictions marxistes. Ils ont été à la base de la description que nous avons faite [2].

Toutefois l'importance de ce courant, appelé École de la régulation, exige une présentation spécifique.

L'analyse historique entreprise par les économistes de la régulation conduit au constat selon lequel les économies du XXᵉ siècle ont un mode de régulation différent de celle du XIXᵉ siècle. Avant 1930, les économies occidentales se sont développées sur le mode de l'accumulation extensive (*i.e.* : développement des biens de production). Le mode de régulation se faisait par le marché dont les agents sont nombreux. On parle alors de mode de régulation concurrentielle.

Avec l'apparition du taylorisme au début du XXᵉ siècle le

---

1. Cf. p. 163. — 2. Cf. I, p. 225 et s.

mode d'accumulation devient de plus en plus intensif (*i.e. :* on cherche des gains de productivité). Le fordisme renforce cette tendance, surtout après la Seconde Guerre mondiale. La croissance de la production et de la productivité exige une consommation de masse afin d'éviter le retour des crises. Or, la régulation concurrentielle a montré ses limites en 1929. L'avènement du keynésisme résulte des limites du marché dans sa capacité à assurer le plein-emploi. Le keynésisme et les Trente Glorieuses qui ont suivi se caractérisent par la substitution de la régulation monopoliste à la régulation concurrentielle. Leurs principaux traits en sont : l'établissement d'un salaire minimum, les conventions collectives, les transferts sociaux *(Welfare State)*. L'objet de ces mesures est de permettre l'adaptation continuelle de la *consommation des masses* aux gains de productivité sur une base nationale.

L'idée fondamentale de l'École de la régulation est que rien de significatif ne peut être changé dans une société si les institutions ou les structures ne changent pas. La crise de 1973, qualifiée de crise de la rentabilité, celle de 1929 étant une crise de surproduction, résulte des contradictions entre le caractère national de la régulation monopoliste et le caractère international de la production. En se plaçant du point de vue des régulationnistes, on peut alors avancer que les institutions comme la CNUCED (Conférence des Nations unies pour le commerce et le développement) ou les revendications pour un nouvel ordre économique et monétaire international (NOEMI) ou, plus restrictivement, les marchés communs constituent des prodromes des changements institutionnels nécessaires à un nouveau régime d'accumulation, qui est cette fois à l'échelle mondiale. Pour l'instant, les radicaux français (P. Dockès, B. Rosier, *Rythmes économiques*, La Découverte), et les régulationnistes considèrent qu'une régulation institutionnelle supra-nationale n'existe pas. Les principaux auteurs qui ont contribué au développement de cette approche, sont, en plus de ceux déjà cités (Aglietta, Lorenzi),

Robert Boyer et Jacques Mistral (*Accumulation, Inflation et Crise*), Benjamin Coriat (*l'Atelier et le Chronomètre*), Alain Lipietz (*Crise et Inflation : pourquoi ?*).

### B) *L'évolution démographique et la dynamique des forces.*

A. Landry et A. Sauvy sont, en France, avec J. Lambert, à l'origine du renouveau des études démographiques. C'est A. Sauvy qui va intégrer les analyses démographiques à une dynamique des structures et des changements sociaux.

En fait, il est difficile d'enfermer A. Sauvy dans une catégorie. C'est sans nul doute l'économiste (ou le démographe, ou le sociologue...) qui a le plus établi de liens entre les « disciplines ». Ainsi, pour lui, la pression démographique, par la « montée des jeunes », est incitatrice du développement économique. Elle est créatrice parce qu'elle est un défi, et les défis, pour la jeunesse, sont faits pour être relevés. Au contraire, une population vieillissante est conservatrice.

Bien entendu, *l'optimisme démographique* a amené A. Sauvy à se poser le problème du développement, et surtout de l'emploi. C'est sans doute dans sa *Théorie générale de la population* que son approche est présentée avec le plus de force.

Renvoyant dos à dos les théories classique et marxiste simplistes — machine responsable du chômage (marxisme), machine créatrice d'emplois (théorie classique) —, il distingue le progrès processif et le progrès récessif.

— *Le progrès processif* est celui qui favorise le développement économique et permet à une population plus nombreuse de vivre mieux. Il se manifeste notamment par la découverte de nouvelles sources d'énergie et de matières premières, les progrès dans l'agriculture, etc.

— *Le progrès récessif* est celui qui se traduit par un volume de production identique, obtenu avec moins de travail. Il débouche par conséquent sur du chômage.

Pour ne pas tomber dans le simplisme, Alfred Sauvy introduit le temps dans sa théorie. A court terme, une machine qui remplace des hommes est, certes, un progrès récessif, mais sur une période plus longue, elle peut devenir un progrès processif. Les cas de cette espèce sont les plus nombreux, comme le démontre notre mode de vie par rapport à celui de nos grands-parents ou à celui des siècles précédents.

En fait, on trouve dans les analyses transdisciplinaires d'A. Sauvy une dynamique implicite des forces de change- ment. Elle est explicitement recherchée par l'économiste italien De Maria, dont nous avons déjà parlé [1] ; sa théorie des propagations rejoint, d'une certaine manière, la théorie des forces motrices de Johan Akerman.

### 3. L'analyse structurale et l'économie selon François Perroux.

Nous avons déjà vu la différence entre l'analyse des struc- tures et l'analyse structurale [2]. Pour simplifier, disons que la seconde étudie les mêmes phénomènes que la première, mais dans le cadre d'une théorie de la connaissance.

Nous ne reviendrons pas sur la manière dont le structura- lisme [3] est venu à l'économie, ni sur les diverses dimensions de cette démarche.

Nous consacrerons cette section à présenter l'œuvre de François Perroux, qui, sans être structuraliste à proprement parler, a le plus contribué au progrès d'une analyse structurale, comme d'ailleurs d'une dynamique des structures.

Élève de Joseph Schumpeter, vulgarisateur des néo-margi- nalistes, participant à l'élaboration de la première Comptabi- lité nationale française, attentif aux révolutions marxienne (préface aux *Œuvres économiques* de K. Marx, La Pléiade) et

1. Cf. I, p. 257. — 2. Cf. I, p. 246. — 3. Cf. I, p. 265 et s.

keynésienne (*Généralisation de la théorie générale,* Istanbul, 1949), théoricien du développement (*Trois Outils d'analyse du sous-développement. Les techniques quantitatives de la planification,* 1965) des systèmes économiques (*le Capitalisme,* 1947), auteur, en 1975, d'une contribution à la reconstruction de la théorie de l'équilibre économique général et d'un grand nombre d'articles sur ces différents thèmes, ainsi se présente F. Perroux. En nous limitant à l'essentiel, nous pouvons cependant avancer que le thème du pouvoir [1], appréhendé dans le cadre des relations entre des agents ou unités de force ou d'énergie inégale, est la préoccupation centrale de F. Perroux. Nous présenterons en premier lieu les bases méthodologiques qu'il a choisies pour aborder ce thème. Nous examinerons ensuite le concept clé de la domination économique et, enfin, l'apport spécifique de F. Perroux à la théorie du développement.

### A) *La synthèse méthodologique.*

Pour François Perroux, l'économie est une discipline empirique, et non expérimentale, qui commence par l'observation orientée et contrôlée, par la théorisation, par la conceptualisation, par la formulation d'hypothèses, et se prolonge par l'élaboration de modèles variés. Il faut éviter la répétition « des erreurs de l'École historique allemande au XIX<sup>e</sup> siècle, en accumulant des matériaux qui ne seront jamais utilisés ». *Autrement dit, la mise au clair de grilles d'analyses explicites et finalisées doit être au départ de toute approche économique.*

Sur ces bases méthodologiques, François Perroux développe une théorie générale plus rigoureuse et plus pertinente que celles qui ignorent les faits (*Unité active et Mathématiques nouvelles*).

Devant la réalité de la concentration des firmes multinatio-

---

1. Cf. I, p. 252 et 253.

nales, de l'intervention de l'État, des inégalités de développement entre les pays et entre les régions, du contrôle, de l'insuffisance de l'information, François Perroux ne peut que rejeter l'irénisme (le pacifisme) de l'équilibre général néoclassique, conçu dans le cadre irréel de la concurrence parfaite.

Aux microdécisions sur un marché des agents sans dimension et sans structure, il oppose les macrodécisions des organisations et des agents dans ces organisations...

A l'équilibre statique, il oppose le processus d'équilibration dans la croissance et la dynamique de la puissance. A l'équilibre général sur le marché, il oppose les opérations de structuration et de déstructuration qui correspondent à des « relations ambiguës et ambivalentes de conflits — coopération, de luttes — concours entre les agents et les groupes d'agents » (*Pouvoir et Économie*).

Ce sont ces conflits d'organisation que l'économie usuelle doit redécouvrir, nous dit F. Perroux. Dans ce nouveau programme de recherches, il élabore un grand nombre de concepts qui traduisent bien, pour la plupart, les rapports de coopération et de lutte : la domination, les effets d'entraînement, les pôles de croissance, les firmes motrices, la croissance harmonisée, etc.

L'influence de Schumpeter, d'E. Chamberlin (*la Concurrence monopolistique*), celle de la théorie des jeux, de J. von Neumann et O. Morgenstern, et des rapports de forces entre classes sociales chez Marx, ne sont évidemment pas absentes de cet effort de conceptualisation. Signalons enfin que F. Perroux n'est pas insensible à l'axiomatique de G. Debreu (*Théorie de la valeur*).

### B) La domination économique.

De tous les concepts cités précédemment, la domination demeure le socle de tous les autres. François Perroux présente la domination comme l'influence dissymétrique et irréversible, intentionnelle ou non, qu'une unité économique simple (individu ou firme) exerce, par son pouvoir contractuel ou sa dimension même, sur une ou plusieurs unités, simples ou complexes.

Une firme ou une nation dominante peut engendrer *des effets d'entraînement* — c'est-à-dire faciliter le développement des autres unités — mais aussi des effets de stoppage ou de blocage, par le jeu d'un effet de *détournement* involontaire des ressources humaines et matérielles à son profit. Les unités dominantes transforment progressivement les structures de l'économie ou des économies. Même si la domination est liée à *la volonté de puissance* des classes, des nations, ses effets d'entraînement ou de stoppage ne sont pas intentionnels, contrairement à ceux de l'impérialisme. Lorsqu'une unité dominante exerce un effet d'entraînement, on parle de *pôle de développement*.

On rapprochera ici les travaux de F. Perroux des recherches sur les firmes multinationales qui ont été lancées, en France, par son ami Maurice Bye.

*La croissance harmonisée* que préconise F. Perroux est une croissance qui s'exerce sous l'influence des pôles de développement. Elle déborde donc très largement la notion de *croissance équilibrée* qui, pour le keynésien Harrod désigne une croissance sans fluctuations. Elle est également plus large que la conception des théoriciens du développement, comme Hirschmann, Rosenstein-Rodan et Lewis, qui opposent la croissance équilibrée, c'est-à-dire la croissance des investissements répartis au mieux dans plusieurs secteurs et dans plusieurs régions, à la croissance déséquilibrée qui implique des investissements massifs dans des secteurs particuliers exerçant des effets d'entraînement. Disciple de François Perroux, Gérard Destanne de Bernis, avec son concept d'industrie industrialisante, se situe du côté de la croissance déséquilibrée, et non de la croissance harmonisée. Par ailleurs,

en analysant les problèmes d'exploitation des pays en voie de
développement, G. de Bernis s'est rapproché des tiers-
mondistes marxistes.

### C) *La théorie du sous-développement et les problèmes des jeunes nations.*

Les concepts présentés précédemment en tant qu'éléments
d'une théorie générale, s'appliquent parfaitement à l'analyse
des jeunes nations, ou pays du Tiers Monde, pour reprendre
l'expression forgée par Alfred Sauvy, mais qu'on trouve
quelquefois attribuée à François Perroux et à Georges Balan-
dier. François Perroux va cependant plus loin dans *son effort
de théorisation, respectueux du principe, selon lequel on ne
transporte pas des théories et des modèles conçus dans une
certaine structure pour interpréter une autre structure sans
risquer de tomber dans l'erreur fatale de l'occidentalocen-
trisme.*

Les limites d'une généralisation de la *Théorie générale*, on
les rencontre dans les jeunes nations, nous dit F. Perroux.
Quel peut être l'effet du multiplicateur d'investissement dans
des pays désarticulés, dominés, à l'économie extravertie [1] ?

L'approche structurale du développement réalisée par
F. Perroux ralliera un grand nombre de spécialistes, des
libéraux, comme René Gendarme (*Pauvreté des nations*) aux
radicaux comme de Bernis en passant par l'inclassable Albert
Hirschmann (*la Stratégie du développement économique*).
Avec L.-J. Lebret, qui fut son ami, F. Perroux a très fortement
marqué toutes les recherches sur le développement [2].

On peut rapprocher des perspectives ouvertes par F. Perroux et L.-J. Lebret les travaux qui, aujourd'hui, tentent de
trouver des voies spécifiques aux problèmes du développement. A. Tevoedjere, dans *Pauvreté et Richesses des peuples,*

---

1. Cf. I, p. 260 et 261. — 2. Cf. p. 173.

montre que les voies du développement sont sans doute très loin des recettes qui ont fait la croissance des pays industriels de l'Est et de l'Ouest. Il rejoint certains aspects du maoïsme, mais en dehors d'une optique marxiste. Il réfute un développement fondé sur l'accumulation matérielle, s'en prend au transfert mimétique de technologie, prépare une économie plus autocentrée. On retrouve des idées identiques chez D.C. Lambert (*le Mimétisme technologique du Tiers Monde*) et chez un certain nombre d'experts de la Banque mondiale. Les impasses actuelles du développement mondial incitent à rechercher de nouvelles voies et à relativiser la science économique.

### 4. Au-delà du structuralisme.

Au-delà du structuralisme, deux voies sont prospectées : l'application à l'économie de l'anthropologie fondamentale de R. Girard et la contestation épistémologique (l'épistémologie est la science des sciences).

Nous avons largement et explicitement décrit la première. Nous n'y reviendrons pas. Rappelons que les économistes qui ont le mieux allié l'*anthropologie fondamentale* de R. Girard à la *dynamique des structures* sont J.-P. Dupuy, M. Aglietta et A. Orlean. R. Girard leur permet de faire sauter les limites de l'analyse marxiste et d'éviter certaines de ses impasses.

Nous avons abordé, mais de manière moins explicite, la contestation épistémologique des hérétiques « à la Schumpeter ».

Elle est une constante de ce courant, puisqu'elle apparaît dès Sismondi et l'École historique allemande. Nous la retrouvons au centre de l'élaboration des institutionnalistes, et c'est à elle qu'aboutissent les recherches de J.K. Galbraith et des radicaux américains.

L'épistémologie n'est pas le monopole des hérétiques « à la

Schumpeter ». Hayek et Friedman lui ont consacré d'importants ouvrages, dont on retrouve certains aspects chez les nouveaux économistes français.

On peut cependant isoler, à propos de la dynamique des structures, une contestation épistémologique spécifique. Bien sûr, nous retrouvons F. Perroux et ses recherches méthodologiques. Il faut, à côté, citer d'abord H. Bartoli dans *Économie et Création collective.* Cet auteur se livre à une critique épistémologique à partir d'une réflexion sur la création et l'aliénation. Au-delà des perspectives d'une économie du travail, il donne une synthèse des dépassements nécessaires de la science économique. De leur côté, J. Attali et Marc Guillaume, dans *l'Anti-économique,* J. Attali dans *la Parole et l'Outil,* rejoignent et approfondissent les thèses des radicaux américains.

On retrouvera, dans le second chapitre de la quatrième partie du tome 1, les points clés de cette contestation.

Au-delà des certitudes ébranlées par les crises et l'échec des politiques, les économistes s'interrogent sur leur science et sur son devenir.

Le plus souvent cette réflexion est le fait des hérétiques, de ceux qui s'intéressent à l'histoire de l'analyse économique. La plus récente observation dans ce domaine, et en même temps la plus riche en enseignement, est celle de Christian Schmidt.

Dans *la Sémantique économique en question* (1985), il expose et démontre que les théories et modèles économiques sacrifient la sémantique (le sens, la signification) à la syntaxe (la cohérence formelle). On aboutit ainsi à un jeu de langage totalement étranger à la réalité concrète. La science économique risque de ce fait de perdre toute dimension praxéologique, alors même que le courant néo-classique fondateur de ce formalisme caractérise l'économique comme la science de l'action.

Avec le livre de C. Schmidt, se manifeste une tendance au

retour de l'interprétation, au développement de recherches appliquées tout autant théoriques pour donner une épaisseur sociale aux travaux axiomatiques les plus formalisés tels que ceux de la théorie de l'information et des incitations, des anticipations rationnelles, ou encore de l'économie du déséquilibre.

Pour aller plus loin...

# Indications bibliographiques

## Ouvrages généraux

| | | |
|---|---|---|
| *** | A. BARRÈRE | *Histoire de la pensée économique et Analyse contemporaine,* Paris Montchrestien, 1974, 2 tomes, 674 et 1 200 p. ★ |
| **** | MARK BLAUG | *La Pensée économique. Origine et développement,* Economica, 1981, 861 p. ★ |
| *** | H. DENIS | *Histoire de la pensée économique,* PUF, coll. « Thémis », 1980, 730 p. ★ |
| *** | C. GIDE et C. RIST | *Histoire des doctrines économiques,* Sirey, 1947, 2 tomes, 902 p. ★ |
| * | R.L. HEILBRONER | *Les Grands Économistes,* Le Seuil, coll. « Points », 1977, 336 p. ★ |
| *** | E. JAMES | *Histoire des théories économiques,* Flammarion, 1950, 329 p. ★ |
| **** | RENÉ PASSET | *L'Économique et le Vivant,* Payot, 1979. |
| *** | A. PIETTRE | *Pensée économique et Théorie contemporaine,* Dalloz, 1979, 574 p. ★ |

**    A. SAMUELSON    *Les Grands Courants de la pensée économique*, PUG, 1985,
344 p.

**    D. VILLEY    *Petite Histoire des grandes doctri-*    ★
   C. NÈME    *nes économiques*, PUF, 1946,
240 p. et nouvelle édition revue
par Mme Nème.

**    J. WOLFF    *Les Grandes Œuvres économi-*    ★
*ques,* Cujas, 1981, 3 vol.

Et pour mieux comprendre les Écoles actuellement en présence en France :

**    B. BOBE et    *Économistes en désordre : con-*
   A. ETCHEGOYEN    *sensus et dissension,* Economica,
1980, 147 p.

### Chapitre d'introduction.

***    J.-M. ALBERTINI et    *L'Initiation économique des*
   D.C. LAMBERT    *adultes,* CNRS, coll. « ATP »,
nº 4, 1974, 118 p.

****    A. BARRÈRE    *Théorie économique et Impulsion keynésienne,* Dalloz, 1951,
750 p.

****    PERRE VERGES    *Les Formes de la connaissance*    ★
*économique,* Grenoble, SRT,
1977, 244 p.

### Première partie : Les fils de Keynes

****    A. BARRÈRE    *Déséquilibre économique et*    ★
*Contre-révolution keynésienne,*
Economica, 1979.

**    R.L. HEILBRONER    *Comprendre la macro-économie,*
   et L. THUROW    Economica, 1979, 373 p.

\*    Michael Stewart    *Keynes,* Le Seuil, coll.
                        « Points », 1969, 144 p.


## Deuxième partie : Les descendants d'Adam Smith

\*\*\*   A. Barrère        *Déséquilibre économique et* \*
                        *Contre-révolution keynésienne,*
                        *op. cit.*

\*    H. Lepage          *Demain, le capitalisme,* Le Livre
                        de poche, coll. « Pluriel », 1978,
                        448 p.

\*\*\*   Divers auteurs    « La Reaganomie », in *Écono-*
                        *mie et Prospective internationale,*
                        n° 9, La Documentation fran-
                        çaise, 1982, 320 p.

\*\*\*   J.J. Rosa         *L'Économie retrouvée,* Econo- \*
      et Fl. Aftalion    mica, 1978, 326 p.

\*\*\*\*  R.S. Thorn        *La Théorie monétaire,* Dunod,
      et divers          1971, 360 p.

*N.B.* Généralement, les ouvrages généraux donnent une analyse très ample des Écoles classique et néo-classique. Nous ne
citons donc ici que les ouvrages permettant d'approfondir certaines théories smithiennes actuelles.


## Troisième partie : Les disciples orthodoxes de Karl Marx

\*\*   P. Boccara         *Le Capitalisme monopoliste*
      et divers          *d'État,* Éditions sociales, 1971, 2
                        tomes, 448 p. chacun.

\*\*\*\*  H. Denis          *L'Économie selon Marx. His-* \*
                        *toire d'un échec,* PUF, 1980,
                        216 p.

\*\*\*   M. Godelier       *Rationalité et Irrationalité en* \*
                        *économie,* Maspero, 1966.

| | | |
|---|---|---|
| ** | J. GUICHARD | *Le Marxisme. Théorie de la pratique révolutionnaire,* Éditions de la Chronique sociale, 1976, 304 p. ★ |
| ** | G. KOZLOV | *Économie politique. Le capitalisme,* Éditions du Progrès, Moscou, 1977, 806 p. |
| * | Éd. SHANGHAI | *Étudier l'économie politique,* Éditions E 100, Paris, 1976, 288 p. |
| * | H. VOSLENSKY | *La Nomenklatura,* Belfont, ★ 1980, 463 p. |

### Quatrième partie : Les hérétiques « à la Schumpeter »

| | | |
|---|---|---|
| **** | H. BARTOLI | *Économie et Création collective,* ★ Economica, 1977, 566 p. |
| *** | J.-L. LE MOIGNE | *Nouveaux Discours de la méthode,* PUF, 1977, 258 p. ★ |
| ** | F. PERROUX | *L'Économie du XXᵉ siècle,* PUF, 1964. |
| *** | F. PERROUX | *Pouvoir et Économie,* Dunod, ★ 1974, 140 p. |
| ** | F. PERROUX | *Pour une philosophie du développement,* Aubier, 1981, 286 p. |

### A propos de l'hypothèse de R. Girard

| | | |
|---|---|---|
| **** | M. AGLIETTA et A. ORLEAN | *La Violence et la Monnaie,* PUF, ★ coll. « Économie en liberté », 1982, 324 p. |

| | | |
|---|---|---|
| *** | P. DUMONCHEL et J.-P. DUPUY | *L'Enfer des choses,* Le Seuil, 1979, 268 p. |
| **** | R. GIRARD | *La Violence et le Sacré,* Le Livre de poche, coll. « Pluriel », 534 p. ★ |
| ** | R. GIRARD | *Des choses cachées depuis la fondation du monde,* Grasset, 492 p. ★ |
| **** | G.H. DE RADKOWSKI | *Les Jeux de désir,* PUF, coll. « Croisés », 1980, 262 p. ★ |

## Chapitre de conclusion : La contre-épreuve de la valeur

| | | |
|---|---|---|
| **** | G. ABRAHAM-FROIS et ED. BERREBI | *Théorie de la valeur des prix et de l'accumulation,* Economica, 1976, 388 p. |
| **** | C. BENETTI | *Valeur et Répartition,* Grenoble, PUG, 1974, 158 p. ★ |
| *** | P. FABRA | *L'Anticapitalisme : essai de réhabilitation de l'économie politique,* Flammarion, 1979, 504 p. ★ |
| **** | M. GLANSDORFF | *Les Déterminants de la valeur : ses applications en esthétique, en religion, en morale, en économie politique,* Bruxelles, 1966, 408 p. |
| *** | P. SALAMA | *Sur la valeur,* Petite Collection Maspero, 1975, 256 p. ★ |

Les ouvrages dont le titre est **suivi** d'une étoile nous ont particulièrement inspirés ; nous leur avons emprunté certains développements et démonstrations. Les livres sont pleins de ceux qui les ont précédés. L'originalité est rarement dans les idées, plus fréquemment dans la manière de les dire.

# Index des Écoles et courants cités [1]

---

1. Les numéros de page en gras correspondent à une étude particulière de l'École ou du courant.

# Index des noms cités [1]

---

1. Les numéros de pages **en gras** correspondent à une étude particulière de l'auteur.

# Table du tome 2

# Table du tome 1

DEUXIÈME PARTIE

## L'économie selon les descendants
## d'Adam Smith

TROISIÈME PARTIE

## L'économie selon les disciples orthodoxes
## de Karl Marx

ACHEVÉ D'IMPRIMER EN JANVIER 1987
IMPRIMERIE HÉRISSEY À ÉVREUX (EURE)
D.L. SEPTEMBRE 1983. N° 6568-3 (41329)